# 大切な人を守るために

―私たちの力で地球の歴史を変えていこう―

丸澤　宏

文芸社

# はじめに

人は生を受けてからこの世を去るまで、何を求め、何が達成できたら幸せであると感じるのであろうか？　人類が誕生して以来、脈々とその子孫を残し続けてきたことは実に素晴らしいことである。しかし、今の時代に生きる私たちは、その役割を全うしていると言えるのだろうか？　そして自分の一生を悔いのないように生きているのだろうか？　それは誰にとっても実感しにくいことではないかと思うのである。

人生は一度しかない。そして、「今」はもう二度と戻らない。しかし、営んできた歴史は残り、それが明日につながるのである。だからこそ今日を大切に生きていきたいし、明日を信じたいのである。

この本はこうした漠然とした思いの中で、何か大切なものを見つけていきたい、満足できる一生を送りたい、そしてこの地球に貢献したいという一人の人間の思いを言葉にしたものである。特に人生にとって最も大切な、愛するものを守りたいとの思いから、この本のタイトルを「大切な人を守るために」とした。言い方を換えれば、「大切な人を守るために自らはどう生きるべきか」とも言えるかもしれない。

人生について考えてみると、果たして私たちはどのように人生を歩んでいるのであろうか？　私の経験からこれまでを振り返って考えてみると、まず、生まれてから小学生までは、保護者の庇護のもと、自らの歩むべき道を探そうと少しずつ試みていくのであろう。次に思春期には、自分の夢を抱くとともに、好きな相手を求めようと心が動くのではないかと思う。さらに社会人を目指し、自分のこれからの人生を描きながら格闘し、少しずつ自らの生き方を定めていくのではないかと思う。そしてその後は仕事に打ち込む人が多いのではないかと思う。さらに結婚すれば、その後は二人の時間を大切にしながら、もし子どもを授かれば、立派に独り立ちさせようとあくせくすることになると思う。そして仕事での成功、家族の幸せを願いつつ、努力するのではないかと思う。その後は、健康な老後を考えながら、残りの人生を生きていくことになるのだろう。こうした中でこの世を去る時に、自分のこれまでの人生はどうであったかと振り返るのかもしれない。ただ、多様性の現在は必ずしもこのような道のりではないかもしれないが、最後の振り返りは共通しているように思う。

こうした人生はすばらしい。しかし、そうした生き方で私たちはほんとうに満足して良いのであろうか?

それでは人生の目的とは何であろうかと投げかけてみたい。とても捉えにくいことかもしれないが、まず想定できることとして、夢を持って生きていくことではないだろうかと私は思う。そしてその時近くに大切な人がいると、より一層有意義な人生を歩めるのではないかと思う。さらに踏み込んで考えると、大切な人と自分が健康で苦楽を共にし、安全に安心して生活できる心に安心感が持てる状態で、加えて何かを達成することであるように私は思う。

一方、現代の世界に目を向けると、私たちの置かれている状態はどうであろうか？　まずは不安定な気候変動という環境面、次に不安定な経済情勢という生活面から、どうしても不安が残る世の中に住んでいるように感じてしまう。こうした人々を取り巻く外的要因だけでなく、それに伴って心の内的要因も理想的な状態からかなり離れてきてしまっているように私には見える。

さらに現在の世界を詳細に見渡すと、人類を含めた生物界全体に対し大きな脅威と恐怖がのしかかっているように見える。1つ目は、抑止力を名目とした各国の核開発のリスクである。2つ目は、地球温暖化、人口増加、食糧不足等の地球環境問題である。そして3つ目は、まだ確定はできないが、人工知能の潜在的な脅威である。それぞれ時間差はあれ、これから間違った方向に進んでしまうことを正しく恐れないと、生命ばかりか地球の滅亡にも繋がりかねないのである。

それではどうすれば理想的な状態に近づけていくことができ、人生をより良いものにしていくことができるのであろうか？

それには例えば世界規模での地球温暖化防止の実現や、世界平和や、人々の幸せを目指した世界体制の変革が考えられるが、これまで歩んできた歴史からの変革を実現するには、膨大なエネルギーが必要であることは容易に想像できる。しかし、このまま何もしないで歩んでいくと、その先には人類や地球の危うい未来が着実に見えてきているのである。だからこそ、こうした岐路に立つ時代に生き合わせている私たちは、現在そして未来の生命に対して、それを守る大きな使命を持っていると言えるのではないだろうか？

こうした観点から、私たちの大切な人を守るために、それは即ち今後の人類を含む生物の生命、さらに地球を守るという大きな課題に対し、私たちはこれからどのような道を選択すべきかについて考えていきたい。ただ、今からならまだ私たち一人ひとりの努力によって変えられる未来が残されていると信じている。読者の方々には、あまりにも理想的なことを繰り返し言っていると聞こえるかもしれないが、少なくとも私たちにとってほんとうに今何が必要なのかを考えるきっかけとなってほしいと思い、敢えて書かせていただいた。今後解決策を見出していかなければならない課題の提起に留まった部分が多々あることにもご容赦願いたい。

最後になるが、一人ひとりには生まれてきた意味が必ずあると思う。しかし、私もそうであったようになかなか見つからないと思う人も多いのではないだろうか。まずは、自らの周りを、それは人であり生物たちであるが、それを大切にしていくということから始めることが、その意味を見つけることに繋がるように思う。何かきっと見えてくるものがあると思う。大切な人もそうした中の一人であり、守ることで素晴らしい何かがきっと生まれてくるかと思います。

この本を手に取って読んで下さる読者に心から感謝すると共に、未来の地球のために一歩前に進む勇気を持っていただけることを心から祈念して。

２０２３年５月３日
ハワイにて
丸澤　宏

# 目次

5.〈現状認識と今後の展望〉

## 6. 〈今後への構想〉…… 143

## 7. 〈変革への道：第一歩〉……161

# 1．〈人生の目的〉

## あなたにとって人生の目的とは何であろうか？
## 私にとっては大切な人を守ることのように思う

私にとって懐かしい経験であるが、母はいつも体を張って私を守り抜いてくれた。それがとても心地よく、いつしかそうした人間関係を保つこと、つまり大切な人を守ることが人生の目的ではないかと考えるようになった。親子だから当たり前のことだと言われるかもしれない。ただ、もし人が人を生み育てるということを当たり前のように捉えられているとしたら、それは大きな間違いである。可愛くて成長が楽しみというのも事実ではあるが、それ以上に不安と緊張の中で母は一生懸命子どもを守り育ててくれているのである。

ここで一緒に考えてほしい。大切な人を守るとは、いったいどういうことであろうか？

　母に限らず父をはじめ誰かに守られている立場の人から見てみれば、その人が傍にいるだけでいつも安心感があり、頼ることのできる最も大切な存在ということである。この安心感は、自分を信じる力や人との強い絆を生み、人を成長させ、愛のある人間に育てていくように思う。だからこそ、こうした愛は何にも代えられない、人間にとって最も大切なものであると思う。また言い換えれば、大切な人を守ること、守られているということ、つまり大切な人との絆（人と人との絆）が、どれほど人生を素晴らしいものにしているかとも言えるであろう。

　もちろん人それぞれであり、その背景や置かれている環境は異なっているので、こうした関係を一元化することはできない。ただ、まずは、自分の大切な人について思い浮かべてほしい。また、どれほど大切かも考えてみてほしい。なかなか言葉では言い表すことは難しいかもしれないが、いつまでも元気で、幸せでいてほしいと願うのではないかと思う。

ただ、そこには、現在だけでなく将来に向け、安全に安心して生活できる環境を維持し、大切な人を守っていくことも含まれていると思う。今私たちにできることは、私たちを取り巻く不安定な環境を改善し、未来の生命をも含め、安全に安心して生活できる環境を維持する「新たな創造」にチャレンジしていくことだと思う。尚、ここでいう環境には、自然環境や社会環境等のすべてが含まれる。

さらにその中でも自然環境に焦点を当てると、生存するために必要な空気、水、食糧の汚染や不足を防ぐことだといえるだろう。つまり、地球環境を守ることである。

今、地球はこれまでの長い歴史の中でも特別で奇異ともいえる急速な変化、つまり悪化の途を辿っており、何としても食い止めないと大切な人たちを守り抜けないという崖っぷちの状態に立たされているのである。(1)私は大学院で環境科学を専攻してきたので身に染みて感じているが、このことをどれだけの人が気付いているかは分からない。しかし実際は、残念ながらほんとうに深刻な状態なのである。

今大きなリスクがあると聞いてもほんとうに動こうとする人はどれだけいるのだろうか？　人々の中には最近の異常な暑さや急激な気候の変化等にどこかおかしいのではと、既に感じていたり気付いている人も多いと思われる。しかし気温も時として下がったり天候も安定化するので、どうしても現実の問題として受け止めにくい状況にある。海岸の近くに住んでいる人、万年雪を抱える山の麓に住んでいる人、砂漠近くの乾燥地域に住んでいる人であれば、身近な環境の変化に対し常に気を病むだろう。しかし身近に感じる危機と普段から隣り合わせの状況にない環境で生活している人にとっては、意識の世界からこうした感覚はいつしか忘れられてしまうのが常であるように思う。

だからこそ、そうした変化が人類等にどのような影響を及ぼすのか、どの程度のリスクがあるかについての説明、つまり、正確な情報伝達が求められるのである。例えば、最近の平均気温の上昇がどれだけ類稀な現象であるかは、IPCC第5次評価報告書を見ると明らかである（1880～2012年の傾向では、世界平均地上気温は0・85℃（0・65～1・06℃）上昇しているが、その速度は近年高まってきている。21世紀末（2081～2100年）には温室効果ガスの排出量が最も少なく抑えられた場合でも0・3～1・7℃の上昇、排出量が最も多い最悪の場合では2・6～4・8℃の上昇と予測されている（いずれも1986～2005年の平均地上気温を基準とする）[2]）。

今後の対応策として次のことが考えられる。

自然科学的な見地からは、第1に空気、水、食糧を守るために、汚染物質を自然界に直接排出しない、第2に気候変動を抑えるためには、温室効果ガスの放出を可能な限り抑制する、第3に私たちと共存する動植物を守る活動を推進する必要がある。

一方、社会科学的な見地からは、第1に人口の爆発的増加のようなアンバランスな状況を回避し、飢餓や貧困を回避する施策が必要である。第2に人々の平和を維持し、地球環境破壊を防ぐために、戦争や紛争の回避を目的とする協定を各国が結べるよう働きかける必要がある。これは言い換えれば、一国の利害という概念を捨て去り、世界を一つの国家のような枠組みで捉える以外に方法は見出しにくいのではないかとも思う。第3にその延長上としての世界での助け合いである。

世界の人々のほんとうの幸せのために、私たちが立ち上がるのは「今」ではないだろうか？

空気、水、食糧を守り、気候変動を可能な限り抑制し、動植物を守り、人口のバランスを保ち、世界の平和を維持し、一緒に世界を良くしていくということは、人類および私たちと共存する生物の永続性を確保するための活動であると言える。

加えて、環境の破壊を防ぐことも、人類や生物の生存を守るため、そして将来世代へ希望を繋げるための私たちの責任ともいえる活動である。人類は、他の人々や生物を守るための行動が取れる類稀なる生物なのである。見方を変えれば、人類はそうした重要なことを考えられる知性を授けられていて、ある意味での責任も保持しているのである。ところが最近の私たちは、忙しさに翻弄され、また一方で技術革新を過信したりして、さらに人類だけの利益を追求することで、前述のような本来人類の果たすべき役割を忘れているのではないかと思えてならない。さらに、多くの人々は地球上で起きているこうしたリスクにあまり関心を示せず、地球上の生命がこれからもそのまま存続することに何の疑いも持っていないのではないかと危惧する。だからこそ、「今」、私は人々とこの危機感を共有し、一緒に人間の本性に備わる思いやりを顕現できるように変わっていきたいと思う。そして一緒にそのリスクを回避する行動に向け、これからの一歩を踏み出していきたいのである。

それでは原点に立ち戻って、大切な存在を思い浮かべて、リスクを回避するためには何をどうする必要があるかについて考えていきたい。

今一度以下の事実を考えてほしい。

地球が存在し、動植物が支えてくれているので、人類は生きていけるのである。

食物、空気（酸素）、水、そして天然浄化システムにしても、われわれは地球や生物に大きく依存して生きているのである。

人類としては、地球や生物に対し感謝という言葉しか見当たらないだろう。

われわれはまた、多くの人々にも支えられて生きているのである。だからその愛する対象は、人類であり、生物であり、それを包み込んでくれている地球であると私は思う。

私たちを支えてくれる同じ起源をもつ生物のためにも、人類である私たちは何としてもこの地球を大切に守っていく責任があると思う。いくつかの危機が顕在化しつつある今日、生物すべてを含むこの地球を守っていくアクションを直ちに取る必要があると思う。そして人類を含むあらゆる生物や地球を守り、明日を確実なものにしていく努力が、今の私たちに求められるように思われる。

動物でも植物でも命を繋いでいくという本能的な思いは強い。しかし高等な頭脳を授かった人間には、自らの子ども、パートナー、家族、友に限らず、あらゆる生物、そして地球を守るという、大きな視野から物事を捉えられる度量が脳に備えられていると言えるだろう。

しかし、実際には各個人がその置かれている状況で余裕がなくなったりすると、残念ながら身近なこと以外は忘れてしまったり、考えなくなってしまうのではないだろうか？　これは優先順位が最も高い自らの大切な人に対してでも起こり得てしまうかもしれない。つまり、現代の人々は、最も大切なものをも忘れてしまうほど、様々なものに気を巡らせなければならない状況におかれているのである。このため、ほんとうに大切なことを心に留める方策を考えないと、未来に向け進むべき道と異なった道を知らぬ間に歩んでしまうリスクを持ち合わせているようにも思う。若しくは、大切なことに気が付かないまま、貴重な時間を使ってしまうリスクを背負っているともいえるのかもしれない。

このような状況から、大切なものをいつも心に刻んでおけるように、より強い記憶に結び付けることが大切であると思う。人類として最も大切にしておく必要があるもの、これは、家族であり、友人であり、人類であり、私たちを支えてくれている動植物や自然環境であると私は思う。

次にどうしたらこの基本姿勢の定着が確実になるかについて少し考えてみたい。いつも意識のどこかに残っていることが大切と言えるだろう。喩えれば、ほとんどの親がいつも子どものことを気にかけているように。しかしそれだけではない。守っている、守られているという大局的に捉えた様々な関係を、心にしっかりと刻んでおくことが大切であると私は思う。「人間は何故生きていられるのか」というその関係性から紐解いて考えてみれば、その見方が正しいことは明らかであるのだが……。

ここで一つ問いかけをしてみたい。人々にとって何が日々のアクションを決定付けるのか？　呼吸する、寝る、食べる、休むなど生きる基本行為を除いては、生活のために働く、将来に向けて勉強するということは、人々の心に既に意識付けられている。しかし、どのような仕事を選ぶか、誰とどこに住むか、将来どのような自分になりたいかという目標に関しては、興味があることに意識が集中し選択されるように思う。

一方、私たち一人ひとりがこの世に生を受けたというその意味を考えることは、運命的な何かを感じたり意識したりしない限り滅多にないだろう。しかし私は一人ひとりがこの世に生を受けたことに必ず意味があると思うし、そのように信じたい。ただ、同時に何故生き続けていられるのかについては、やはり皆さんに考えてみていただきたい。究極的には、「この世に支えてくれる動植物がいてくれるので、人類は生きていける」のである。このため、「そうした私たちを支えてくれる動植物のためにも、私たちはこの地球と生物たちを将来にわたって守っていく責任がある」と思うのである。この関係性を少しでも皆さんの心に留めておいていただきたいと切に願うばかりです。

それでは、私たちはこれらの大切な存在をどう守っていけるのであろうかについて考えていきたい。

## 大切な人にはいつまでも幸せでいてほしい

この世に生を受けたということは、奇跡に近いとても素晴らしいことであり、大切な人にもいつも幸せでいてほしいと思うのではないかと思う。

そのためにはこれまで述べてきたように、すべての生命を、そして地球を私たちができる限り大切に守り続けていく必要があると言えよう。そしてそれに共感していただける読者に、その大切な生命を守るために一緒に立ち上がってほしいと願っている。

具体的な内容については次章以降に記させていただきたい。尚、この章の最後に、私が今の自分に至った背景について少し触れさせていただきたい。

## みなさんの大切な人を今一度思い起こしてほしい

これは私事で恐縮であるが、幼少期の私はほんとうに手間のかかる子どもであったと思う。しかし、両親らに支えられ、知らず知らずの間に愛することと信じることを学び、何にでも自信を持って取り組んでこられたのだろうと感謝している。こうした家族の存在がどんなに心強く安心できたことか……。いつもこうして私の心に支えがあったからこそ、これまでいつもそのままの自分でいられたように思う。このため、これからは私が受けたそうした思いに対し応えていく時だと思っている。

ここに枠を用意したが、皆さんに、ご自身にとっての大切な人の写真を貼っていただくか、または思い浮かべていただきたい。何故ならば、大切な人がどれほど大切か、あらためて実感してほしいからである。

おそらく前述してきたその背景、そして悩んでいた青春時代に自然の美しさに癒された体験が、私がみんなすべて（人々や動植物）を守りたいと思う原動力となっているのではないかと思う。また、このことを実践することが、私にとっては自ら生を受けたことに対する使命であるとも思っている。

次章では現在の社会や地球の状況について考えていきたい。どれほど私たちの置かれている環境が、理想とするところから離れてしまっているかについて検証していきたい。

# 2.〈外的環境〉

## 現実の世界に目を向けると、不安定になってきている
## 明日が見えにくくなっている今日

私の幼少期は、既に戦後の経済成長著しい時代で、明日に何か問題が起こるのではないかというような心配は全くなかった。しかし最近では、異常気象や紛争が世界のいたる所で多発し、明日の私たちは無事でいられるのか、将来が安全であるのか、次世代が幸せに生きていかれるのか等が、正直なところ見えにくくなり不安になってきてしまった。これは誰もが程度の差はあれ少しずつ感じているのではないかと思うので、この不安を可能な限り払拭していけるように、一歩一歩着実に前に向かって踏み出してきたいと思っている。

一方で、日々の暮らしの中で驚くようなニュースが時として飛び込んではく

るものの、人々は必ずしも明日のことをあまり心配していないようにも映る。今後も今日と同じような平穏な日々が訪れるということについて、現時点ではどこにも保証がないことを、多くの人々は忘れている。地球温暖化や食糧不足や核攻撃リスクなど、地球を取り巻く環境は臨界点に近づいてきているのだ。英知を結集してこの危機をどう乗り越えるかを考えなければ、平穏な明日はいつしか失われ消えてしまうかもしれない。温室効果ガス（二酸化炭素ガス）の削減の方策、食糧生産性向上の施策、世界平和に向けた緊張の緩和など、現代は取り組む必要のある課題が山積している。これらの課題は人道的または技術的な解決に向け、アクションを直ちに取る必要があるのだ。

大きな問題としては、地球の温暖化、オゾン層の破壊、酸性雨、海洋汚染、有害廃棄物の越境移動、生物多様性の減少、森林の減少、砂漠化、発展途上国における環境問題、人口問題、食糧問題、原子力の問題、戦争や紛争、テロ、核攻撃、パンデミック感染症対策等が挙げられる。これらについてどのように取り組んで対応していくか、一つひとつ考えて速やかに対策を打っていく必要があると思う。このため、そのような現状を踏まえた上で、いくつかの道筋を示し、一緒に改善に向けたアクションを取っていきたいと願っている。

それでは各課題について考えるために、まずこの章では現状を直視していきたい。そしてどう改善していけるかについても可能な限り言及していきたい。

## 地球温暖化

このまま温室効果ガス（主として二酸化炭素）の濃度が増していくと、氷河や南極の氷の溶解が進み、水没する島々が出てくるという問題だけでは収まらない。耕作可能地域が両極方向に向かって狭まり、赤道から一定距離にある緯度内では農作物が気温上昇、乾燥化のために耕作できなくなるだけでなく、同時に人類を含めた生物群がその地に生息できなくなる可能性も浮上する。さらに二酸化炭素の重要な吸収源である熱帯雨林が大きな打撃を受ければ、この変化は加速度的に進み、手が付けられなくなってくるリスクも孕む。こうなると人類等が生きるために高緯度方向へ移動せざるを得なくなり、食糧枯渇のリスクがより現実化する。人々がこれらをより実感していくと突発的にパニックが起こり、秩序が崩壊する恐れも生じてくる。こうなってしまうと争いが多発し、地球の明日が見えなくなってしまう可能性が高まるのである。このため、「今」、地球温暖化を何としても食い止めていく必要がある。

天然資源として大切な化石燃料をエネルギー産出の目的で燃やすと、大量の二酸化炭素ガスが発生する。このため、エネルギー産出の目的であれば自然エネルギーの取得に焦点を当て、太陽光発電の効率化対策などに予算を投じ、化石燃料に依存していたエネルギー政策を大きく転換していく必要がある。また、人々もできる限り公共交通機関を利用したりして、省エネルギーに努めることも大切である。さらに、どのようなエネルギー算出手法が最も効率的であるかを試算し、その可能性に投資することも大切である。いずれにしても二酸化炭素ガスを削減する手法を、具体的に国策として、また世界の施策として積極的に進めることが最も大切である。

ＣＯＰ：(（地球温暖化防止）気候変動枠組条約締約国会議 Conference of Parties）のような討議の場はあるが、これまでは二酸化炭素ガスの排出量が多いにも拘らず自国の利益を優先し、削減に積極的に取り組まない国があるといった問題があった。近年はＣＯＰ26での米国や中国の共同宣言のように変化の兆しが見えてきたが、まだ必ずしも十分とは言いきれない。地球全体のリスクを考えると、自国の利益だけを優先する考えは間違っていると気付くはずなのに残念でならない。世界全体での変化の兆しも、これまでのような迅速でない対応では手遅れになりかねない。これはこのリスクが現実のものとして十分認知されていないことに起因するのではないかと思われる。このリスクを世界中のすべての人々の共通認識とする必要がある。グレタ・トゥーンベリさんをはじめとする最近の若者の発言も真髄をついていると思う。

前述のような動きの鈍さは、政治家が自国や地域の利益を優先しないと選挙に勝てないからか？　または環境対策を不利益と考える企業サイドに加担しないと政治資金がもらえないからか？　結局のところ、目先のことだけか、はたまた自らやその家族だけの幸せのためか？　極端な言い方で申し訳ないが、もしそのような理由であるとしたら、あまりにも人間が小さいし、代表者としての資質に大いに疑問がある。もちろんそのような短絡的な理由だけにはよらないのかもしれないが、対策として進んでいないことは大問題であると言えよう。

原点に立ち戻って問いかけてみたい。私たちは何のために生まれてきたのか、まずはその真髄から紐解いていくことから始める必要があるだろう。それはただ生きるためだけではなく、子ども、パートナー、家族、友人や将来の生命を守っていくためであると思う。そして、それ以外に、何を成すかという一人ひとりの使命もあると思う。

次に、世の中には生活を成り立たせるために、森林を伐採する、工場で働く、車を運転する人々が大勢いる。また、少しでも豊かな生活をおくりたいとの思いで、お金を稼ぐことや利益を得ることに焦点を当てる人も多い。このような人々を守るのも国家である。あるべき姿をいくら説いても思い切った施策に踏み出せず、残念ながら現状のまま何も変えられず、それに伴い無関心の人々が多いのも事実であろう。このことが決して悪いと言っているのではない。しかしどのようにしたらすべての人々に、そして国家にも、心から安心して地球を守る活動に強い関心を持ってもらえるかについては、別途考える必要がある。

多くの人々は今、世界で起きている異常現象は一時的なもので、明日は変わりなく訪れると信じているのだろうか？　とても暑い日があっても涼しい日がふと訪れるように、自然はいつも変わらないと（意識・無意識の違いはさておき）信じているのだろうか？　しかし一つひとつの現象を注視すると、小さな変化は大きな変化の前触れとして、着実に私たちの目の届かないところで進行している。平均気温の上昇は世界で着実に進んでいて、例えば、日本では100年あたりで平均気温が1・21度[3]（大都市の東京では3・2度[4]）も上昇した。今、この動きを食い止めていかないと近い将来着実に危機が訪れ、手の施しようがなくなる。このため、これから何が起こり得るのかをきちんと予想し、対策を立案し、実施していくことが必要である。そしてその事実を一人ひとりが理解できるように、教育の新たな枠組みを確立させること（例えば、小学校からの教育カリキュラムの中に組み込むこと）が大切であると思う。

少しこの話題から逸れるが、第二次世界大戦のように、避けられそうで避けられなかったという苦い歴史を繰り返してはならないのである。現代の戦争には核のリスクも多分に孕んでいるので、その行為自体が地球の破滅につながらないとは言い切れない。また、地球温暖化がこのまま進んでいくと、乾燥地域からの移民・難民などがさらに増え、将来的には暴動が起こり世界的な無秩序状態が起きてしまう可能性が高まる。このような最悪な事態を招かないように「今」施策が必要なのである。特に地球温暖化のリスクに対しては、例えば先進国等の技術開発（代替自然エネルギーなどの開発）と、発展途上国等での植林などによる、すべてプラスとなるアクションを融合することで、はじめて地球を救うことに繋がるのではないかと私は思う。

どうしたら先進国、発展途上国が一体となって地球温暖化の進行を阻止しようと協働できるのだろうか？　どうしたら産業を伸ばしたい発展途上国の立場を尊重しながらも協力し合い、地球温暖化を防止する形を確立させることができるのだろうか？　こうした相反する立場を乗り越えるためには、発展したい発展途上国の思いをサポートしながらも、協働して地球を守るアクションを共に進めることが肝要だ。先進国は技術や資金の援助を行い、発展途上国も自然を保護し、共に幸せになれる道を模索していきたいと思う。

特に前段で触れたように、先進国と発展途上国が共に幸せになれる構図とはどのような形であろうか。例えば、先進国の技術開発や各種支援と、発展途上国の人口問題や貧困問題の解決および食糧の確保や森林の維持といった、重要なテーマに関する討議を、世界のすべての国が代表を送り一緒に進めていくことではないだろうか？　そのためにも、国連各機関をはじめ、ＷＴＯ、ＷＦＰなどの権限の拡大を図る必要があると思う。一方、こうした流れを作るためにも、難しいことは重々承知しているが、これまでの様々な対立による紛争を解決する和平を全世界規模で実現させることも必要であろう。さらに地球温暖化のテーマからは話が逸れてしまうが、世界を一つにする取り組みとして、スポーツや文化の交流など、様々なオリンピックの機会を作り実現していくことも良い方策ではないかと思う。宗教の違いによる争いやこれまでの対立を超え人々が自由に交流し、自然と共生して持続可能な社会を一緒に生きていく形は、人間の英知を結集すれば必ずできるはずである。これこそがこれからの人々、これからの世界のあるべき姿であると私は信じたい。

地球温暖化というテーマからかなり逸脱してしまったが、様々な問題が顕在化している中でこの問題の重要性が明らかになったとも言えると思う。対応に向けては後述していきたい。

## オゾン層の破壊

フロンガスを含む新しい溶剤が開発された時、この物質がオゾン層の分解に作用するとは誰も夢にも考えていなかったと思う。しかし、近年、このオゾンの層が成層圏にあり紫外線を遮断し（１８８１年）[5]、地球上の生物が陸上で生息できるようになるために大きな役割を果たしていること、そしてこのオゾン層にホールができて皮膚がんが多発してきたこと、さらにその破壊（ホール形成）にフロンガスが関係していることが分かってきた（1974年）[6]。こうした背景からフロンガスの使用禁止およびその回収は、地域に限定されることなく、世界的で完全に実施する必要がある。しかし現実を見ると、ハイドロクロロフルオロカーボン（HCFC）に関しては、全世界では未だに生産禁止にまでも至っていない。こうした国際的な規制遵守の形を一つひとつ実現し、地球を守る活動の大切な礎にしていく必要があると思う。

## 酸性雨

森林は人類を含めた生物にとって、栄養源と酸素という貴重な物質を産生してくれ、さらに温室効果ガスを吸収してくれる大地の母のような大切な存在である。それにもかかわらず、人類が利便性追求のために有害な酸性酸化物を大気中に放出し、それにより森林を枯れ死させるというような事態を招くことは、とても残念で私としてはいたたまれない。こうした事実が発覚してからも酸性雨の被害が止まらないとしたら、それは該当する政府、国民の責任ではないだろうか？　貴重な森林資源を大切に保護していく政策を世界で推進していく必要がある。こうした明日の地球を守るためのアクションを着実に実施していくことが、今人類に求められている役割と言えるのではないだろうか？

## 海洋汚染

海洋には多くの生物が生息している。その大切な生活環境に対し、人々が考えもなく汚染物質を流し込んでしまった事例は後を絶たない。最近は、海洋プラスティックゴミおよびそれから生じたと思われるマイクロプラスティックが、生物や生態系に深刻な影響を与えているとの報告も上がってきている。そもそもこの海洋環境から、私たちの先祖は今から約35億年前に生まれてきた。そしてその生物たちの一部を人類は貴重な食料としている。守ることはあっても、その生活環境を汚すことなど、あってはならないことではないだろうか？　食物連鎖の頂点に立つ生物として高度な脳を授けられた私たちの、大切な生物を守るという役割において、このようなことが起きない仕組みを導き出していきたい。

## 有害廃棄物の越境移動

そもそも有害廃棄物を生み出すことは、自然界の脅威となる。人類の利便性のために無毒化せず自然界に廃棄してよいものなどはない。廃棄物は無害化、無毒化して廃棄するのが当然のことであることは言うまでもない。むしろ無害化、無毒化できる道筋がたってからはじめて生産しても良いという図式で考えないと、思わぬ問題を引き起こす可能性が残る。製造業者はこの工程を経てから、新製品を上市する必要がある。まさに医薬品開発のための安全性試験のように。また、無毒化についても対象は人類だけでなく、生物界全体に対しての無毒化でなければならないと私は思う。生命を守るために美しい地球を守っていく必要がある。これは生物界で食物連鎖の頂点にいる人類の責任であると思う。

また、もし脅威となるものが万が一できてしまった場合でも、自国でなく他国に流してしまえば問題ないという考え方（逆に自国内であれば問題ないという考え方も含め）も間違っている。地球（および宇宙）に害を残せば、それがどこかで何かに悪影響を及ぼす可能性は高いのだ。人類だけでなく人類を支えてくれている多くの命があって、はじめて私たちは生きていられるという事実を今一度思い起こせば、人類の行動は自ずと変わっていくように思うのだが。

## 生物多様性の減少

生態系という循環システムは様々な種が存在してはじめて安定化する。このため生物多様性が減少するということは、この生態系が脆弱になることを意味する。生態系のバランスが極端に悪くなる、または生態系に何らか大きな変化が生じると、多くの生命の存続さえ危うくなる可能性が生じてくる。人類は多くの生物に支えられてはじめて生き続けることができるので、人類にも間違いなく危機が及ぶことになり、人類にはこの支えてくれている生物たちを守っていく必要があるのである。生物たちが自然の中で安心して生息できる環境を守ることに私たちは注力する必要があり、ある種を人類の関与で絶滅の危機に追い込むようなことにならない配慮が必要である。私たちがいつも考えていかなければならないことは、生物、つまり地球を守るという人類に与えられた責任を、どう果たしていくかということではないかと私は思う。

### 森林の減少

森林のおかげで太陽光から二酸化炭素が消費され、栄養源と酸素が生み出される。このように森林（植物）のおかげで、人類を含む動物も植物と一緒にこの地球の生態系の中で生きていけるのである。熱帯林などは特に多くの生命を守り生態系を支えている。この素晴らしい環境によって、どれだけ多くの生命が、生命活動を営める状況が創り出されていること（例えばこの地区では地球上のわずか7％の敷地に地球上の生物種の50％以上が生息している[7]）かを理解しておく必要があると思う。森林にはさらに植物、菌類、動物の共存のための巧みなネットワークも存在し、これにより生命はしっかりと守られているのである。この森林をむやみに伐採することは、その地に住む多くの生命を死滅させることと同義となる。そして、森林を含む多くの生命の消失は、地球温暖化を促進するなど地球全体にも波及する。これらのことを十分考えて私たちはアクションを取る必要があるのである。

## 砂漠化（乾燥化）

近年、人類の営利活動に伴って気候が大きく変動し、乾燥化が進み砂漠というエリアが広がってしまった。このことは、これまで多くの生物の棲んでいた生態系が破壊されたことを意味し、このまま進行させ砂漠を拡大させるとさらに大きな問題となる。これはただ単に地下水の汲み上げというような局所的な問題ではなく、地球規模の温暖化が進んだ結果としての乾燥化なので、これを元に戻すことは至難の業である。しかし、この根本原因を究明し、回避策を実施し、改善を続け、時間はかかるだろうが可能な限り元の美しい自然や生態系を取り戻していきたい。人類を含むすべての生物、そして地球のために。昨今はこの乾燥化に伴う森林火災も甚大な被害を与えている。私たちはもっと現実の世界に潜む問題の根本原因に目を向け、改善に積極的に取り組む必要があるのではないだろうか？

## 発展途上国における環境問題

先進国が環境保護や公害防止の重要性に気付いた時、国家を成長させたいとする発展途上国が排気ガスや温室効果ガスの放出を伴う開発を進めることに、単に規制を振りかざして一方的に止めさせようとするようなやり方は人道的には間違っている。しかし一方で、これまでのように地球への負荷が年々増えていくようであれば、地球上の生命が耐えていける残り時間はより迫ってくるので、こうした温室効果ガスの放出総量を抑制しなければならない現実があるのも事実である。この問題を解決するには、発展途上国に何か別の形で経済的な補填をする必要がある。私としては意味があるとは思えない各国の軍事費に関する財源を、ここに充てるのが最も良い方法ではないかと思う。いずれにしても両者が納得できる形を一緒に考え、大きな視野から地球を、全世界を、そして人々と生物たちを守っていく必要があるのではないかと思う。一筋縄にはいかないので一つひとつ問題点をクリアしながら十分に時間をかけて話し合う必要がある。そもそもこのような危機に直面している現在、国という個別の集合体は、世界として一つに纏まる必要がある状況下に来ていると私は考えている。

ただ、少なくともお互いを尊重し助け合う世界に、まずは変わっていく必要があると思う。

このように世界の危機が私たちの足下に忍び寄っているにもかかわらず、何故人々はその変化に目を瞑ってしまっているのであろうか？　これはおそらくその危機感を人々が正しく理解していないからであると私は断言したい。もし人々が自分のものとしてその危機に気が付けば、人々は変わっていけるのではないだろうか？　つまり地球上の空気も水も世界を循環していて、この地球は一つの運命共同体と気付けば、自国の利益だけを追い求めるような行動を取れないのではないだろうか？　何故ならば地球が破滅の道を辿るということは、人類にとっても同じ道を辿ることになると私は思うからである。

しかし、現実の世界を眺めると、ほとんどの国や大多数の人々が将来の危機をあまり認識していないように映ってしまう。これまでの慣習から、自国や自らの利益を追い続けるためにこのような地球全体の危機に対して無関心になり、その結果、人類は危機に直面する道に向かって進み続けているように思われてならない。これは人々に問題があった訳ではない。こうした事実を着実に伝える教育が不足していたことが原因であったように思う。こうした現状を着実に伝え、これからの私たちの歩みを、少しずつでも早く変えていきたい。

## 人口問題

発展途上国の人口増加が取り上げられるが、その根幹にある問題は先進国が求めた資源（農作物や鉱業資源）や安い労働力への要求であったようである。発展途上国においては自給自足から貨幣経済への移行を余儀なくされたため、増えた人口を養う生活の安定が必要であり、この問題の解決こそが徐々にではあるが人口増加の抑制に繋がるのではないかと思う。しかしその一方で、未だに家族が増えることが裕福となると信じられている状況もあるようである。いずれにしてもバースコントロールも含めた幅広い教育の普及が、その問題を解決していく鍵になると思われる。発展途上国の現状とニーズを十分に理解した上での先進国の適切なサポートが重要である。

ただ、現在の人口増加予測を見ると、食物連鎖のバランスを超えて人口が爆発的に増えていくであろう未来が待っているのも事実である。地球という限られたスペースには、生物としての適正な個体数というバランスがあるのに、そのような考え方はあまり知られていない。食物連鎖という生態系のバランスは、保たれてこそその安定性が維持されるので、保たれなければ少しずつ崩壊していく。[8] こうなると特に食糧の問題は深刻となる。人口が無尽蔵に増えれば、限られた地球上での食糧は確実に不足する。まさにこうなってしまうとカオス（無秩序）の状況になる可能性が高まると危惧される。地球の耕作面積から許容できる人口の総数はおおよそ割り出すことができるため、そうした枠組みの中で世代を繋いでいくアクションを考える必要があるのではないだろうか？一方で、農業を環境に影響されにくい工場で行うという技術革新も生まれてきているので、そのような進歩は注目すべきであるとは思うが。

## 食糧問題

地球温暖化により穀倉地帯が両極方向に向かって狭まったり、乾燥化により耕作可能な地域が縮小したりすると、人類だけでなく多くの動物にとっても食糧不足の問題がより顕在化してくる。つまり森林や耕作地が狭まってくると食物や生産できる食糧の全体量が減少し、その不足から人類を含む生物の命に危機が訪れる可能性が高まる。特に生物への影響はより甚大となる。(7) 人類のことだけではなく私たちを支えてくれている生物のためにも、私たちは気候変動に注意を配り食料を安定的に確保する必要がある。また可能な限り自然を本来のあるべき形に近づけるために、どう対応していくか考えていく必要がある。

## 原子力の問題

貴重な天然資源である石炭や石油を燃やし、二酸化炭素ガスを発生させる火力発電も非常に問題であるが、一見安全でクリーンなイメージのある原子力発電も問題山積である。第一に、根本的な話であるが、廃棄物処理について未だに積極的な安定無毒化への目途が立っていないという重大な問題がある。現状は、放射性物質を密閉し、その自然崩壊を時間をかけて待つという、将来世代に負の遺産を残すような廃棄処分方法なのである。(9) 次に、チェルノブイリ原子力発電所事故や、東日本大震災の際の福島原子力発電所からの放射能流出というような恐ろしい潜在的なリスクも、未だに払拭できていないのである。それは原子力発電所や放射性廃棄物から漏れる可能性がある放射能が、生物の遺伝子を傷つけ、がんを引き起こす可能性を高めるからである。日本は特にこの原子力を利用した原子爆弾で第二次世界大戦時に多大な尊い命を失い、多くの人々が未だに苦しんでいる。二度とそのようなリスクを現実のものとしてはならない。核配備の意味も私には全く分からない。このように危険を孕んだ原子力発電は即時に見直し、クリーンな自然エネルギー取得の技術開発に集中した方が良いのは明らかではないだろうか？　基本的な考え方は、できる限り自然に負荷をかけずまたは自然に返せるもの以外、作り出さないという原点に立ち戻ることではないだろうか？　或いは、温故知新の精神で、安全なものから解決策を見出すことではないだろうか？

## 戦争紛争等

戦争紛争等が勃発してもほとんどの人に利益はもたらされない。さらに悲しいことに、戦場と化した場所の生態系は容赦なく破壊されるのである。地球を宇宙の脅威から守る目的や災害救助のために、ある程度の備えは必要かもしれないが、現在地球上で行われている戦争、紛争等および軍事に関わるいかなるものも悪であって不要なものでしかない。決して戦争・紛争等を繰り返してはならない。さらにテロも、同様に繰り返してはならない。

どうして人々は争わなくてはならないのか？　お互いに協力し合って生きていくしかできない我々であるのに。自らの生活や宗教のためなのか？　いずれにしても軍事に携わる必要性は私には考えられない。どこか価値観がずれてしまっているように思う。社会はどうあるべきかを考えれば、協力し合い楽しく安全に安心して生活していけることこそが一番大切ではないか？　そして、その中に自らの生きる目的を見つけていくことが大切なのであると私は思う。戦力を保持し、領土の拡大や抑止力の確保を考えるなどナンセンスである。今こそ世界は一つにまとまり、英知を結集して難局を乗り越えなければならない時であるのに。宗教上の紛争に関しても疑問を感じる。信じることは素晴らしいことであるので、他人が別の宗教を信じようが争う必要などは全くないと私は思うのだが。私の考えが少し極端なのかもしれないが、信じることの素晴らしさを享受できる、むしろ仲間であると考えるべきではないだろうか？　過去の対立をこれから継承することよりも、これからどう生きるかが大切ではないかと私は思う。たとえ批判されても信念を貫き、またいつでも心を開いていけば、争いは回避できるのではないかと期待したい。他人を大切にする、尊重することが極めて重要ではないだろうか？　ただ、この軍事で生計を立てている人々もいるので、どのように体制に改めていくかについては十分に思案しなければならないだろう。ただ、どうにか戦争紛争等に関わる体制を、平和が維持できる体制に改変していきたいと私は切に願う。

## パンデミック感染症

最近の新型コロナウイルス感染症では、全世界で7・65億人以上の方々が感染し、悲しいことに692万人を超える人々が尊い命を落とされた（2023年5月3日時点）。これを機に世界は纏まり対処にあたるのではなく、各国政府は独自に自国の国民を守ることに専念することになった。とても残念なことに医療従事者は、防御手段が整う前にそれぞれの戦場の前線に駆りだされてしまったように映る。どうして世界の英知を結集し、感染の拡大を防げなかったのだろうか？　世界のどこかで何かが起こった時、こうした悪影響を最小限度に食い止める協力体制の構築が何としても急がれる。

## 最近の天変地異はどうして起きている？　防ぐ手立ては？

地球の44億年にもおよぶ長い歴史の中で、これまでにも大きな天変地異はいくつもあったとされる。しかしそれは長期間を要した自然に起きた変化であった。それに対し昨今の変化は、人類が短期間に作り出してしまった人工的な天変地異であると言っても過言ではあるまい。また頻度も高く急速な変化であるため、大きな問題なのである。人間活動がどのように環境に悪影響を及ぼしているかということについて、様々な局面からじっくりと考え直してみる必要があると思う。そしてその変化によって翻弄されてきた生態系の変化についても捉え直し、今後どのように守っていくことができるかについて考える必要がある。

一方、この変化の引き金を引く地球温暖化は、できる限り二酸化炭素ガスを産出しないように歯止めをかけることだけでは、残念ながら防止できない可能性が極めて高い。このため技術的に二酸化炭素ガスを吸収し消去する方法を見出さなければならないかもしれない。その背景として、現代人がその産出から消費を減じた収支を、ゼロにまではできないだろうとの推測がある。しかし人類がそれぞれの地域で削減に努めないと、地球から生物種がどんどん消え、人類にとっても明日が危うくなる可能性が極めて高いのである。何としてもこの削減に向けた協力体制を十分に機能させ、一日も早く積極的に対処していく必要がある。

産業革命以降、人類の活動によって大きな変化が生じてきているが、このまま対応できないとその変化の行きつく先に何があるのかを、人々に分かりやすく伝えていく必要があると思う。その際、同時に解決策を一緒に示す必要があり、人々が相当の代償を支払うことが求められることも、理解できるように示す必要があると思う。

## 避けられない天災とはどの程度あるのだろうか?

地球も一つの惑星なので、太陽や他の惑星等の影響を受ける。この関係において地球に変化が起きればそれは純粋に天災にあたるだろう。但し、例えば、台風、地震、干ばつ、洪水、噴火、森林火災に関する災害について考えてみると、ほんとうに天災と言い切れるものは、かなり少ないのではないかと思われる。人類が地球温暖化を招いた結果、台風や干ばつや洪水などの発生頻度が増加し、また被害の大きさも増大している。地震や噴火についても起こる頻度は変わらなくても、その被害は人類がこれまで限られた空間内に建ててきた建築物の影響で、拡大しているのが現状であるように思われる。もう少し詳しく見ていくと、台風の発達には海水温が、また高波には防波堤という人工物が、そして都市部の大被害には人口密集がそれぞれ関係している。さらに考察していくと、石油や地下水の汲み上げ等の影響も間接的には関係しているかもしれない。このため、天災というよりは人災と分類した方が適切なものが大半を占めるのではないかと思うのである。際限のない人類の要求に伴う活動が自然界の摂理に逆らったため、その被害の拡大に結び付いているようにも思える。

人災についてはその原因を詳細に分析し、被害を最小限に抑えさらにこれを防ぐため、自然とのバランスをどのように回復させることができるかについて検討する必要がある。また、どのような行為も、今後は事前に環境アセスメントを十分に行った上で、アクションを定める必要があるとも思う。基本的にできる限り自然界に悪影響を与えないような配慮が常に必要であるとも言えよう。

## 天災といわれるかなりの部分は人災かもしれない

さらに人災と思われる変化について考えていきたい。気温上昇によって、氷土の溶解、陸地の水没、前述した干ばつ、台風の増加と勢力の増大をはじめ、生態系に多くの異変が起こり、多くの大切な生物の命が失われてきている。また、人類にもその危機が少しずつ忍び寄りつつある。これらはまさに温室効果ガスの人為的な放出の増大に起因している。その他、酸性雨、海洋汚染、河川汚染と湖の富栄養化、大気汚染、原子力汚染、食糧不足などにも、人類の活動が密接に関係している。私たちを支えてくれている地球上の多くの生物のためにも、こうした被害を引き起こす活動を見直し、人類を含む生物たちの存続のために必要なアクションを取っていきたい。

もう一度整理すると、自然の摂理を超えていると思われる変化は、すべて人災と言い切ってもよいのではないかと思う。人災には、環境汚染に伴う被害、自然破壊に起因する被害、環境負荷を過剰に与えることによる被害など、その因果関係がよく分かっているものから、自然災害かと思ってしまうような因果関係がはっきり見えにくいものまで、様々なものがある。これらを可能な限りあるべき姿の地球に戻すことが求められるが、一方で元に戻すために莫大な資金や労力がかかることも事実である。しかし、生命を安定して繋いでいくためには、可能な限りリスクにつながる状況を回避する手段に焦点を当て、実施していく必要があることも真実である。この点を多くの人々に認知してもらい、人々が本気になってこれらの問題に取り組む以外、すべての生命にとって安心できる未来は見えてこないと言っても過言ではない。もし、すべての防衛費も軍事費も使わずこうした対策にそれら予算を投下できれば、多くの命が救われると思うのだが。どちらが大切であるかは一目瞭然ではないだろうか？

今、このようなストレスを人類は気付かないままに、私たちを支えてくれている最も大切な生物に対して与え続けているのである。本来、生物によって我々は生かされているのに、何故こんな不合理なことが許されようか？　生物を守るため（これは結果的に人類を守ることにもつながるが）、地球への負荷をできる限り取り除き、地球を多くの生命であふれた美しい星のまま保ちたい。手遅れになる前に、「今」変革していくことが私たち人類に求められていると私には思えてならない。

## 概して現代の社会はどう動いているか？

昔は普通の生活ができれば良いといわれていた時代もあったようだが、現在はより良い生活（ある意味での欲）や、将来への備えを追い求めることに主眼が注がれているように思われる。確かに便利なものが手の届くところに溢れているのも事実である。しかしそれ以上に、現代の人々がこれから良い時代が訪れそうな期待が持てず、将来にとても不安を抱いているように思われ、そのために貯えに焦点を当てているように見える。そしてそれゆえ、親が子どもを良い会社に入れようと働きかけ、子どもは良い大学、高校、中学、小学校に受かることに集中し、その過程で必要とされる暗記中心の学問が重視されているように思えてならない。また、その流れについていけないと、将来がより見えなくなってくるような焦りや不安が、どこかに存在しているようにも思う。家庭環境にも依存するがこのような二極化が進んでいるようにも思われる。本来、様々なことをじっくり考え学ぶ時期である青年期に、これからの人生を考えるという、最も大切なことがどこかに置き去りにさせられているように思えてならない。こうした状況を鑑みるに、現代はどちらかというと外的環境だけでなく、心の中（内的環境）も不安定な時代に入ってしまっているように感じる。

このことに関し、次章では昨今の人々の内面の状況に焦点を当て、自らを含め現代の人々を冷静に捉えてみたい。このため、人類がこれまで残してきた、または現代に引き起こしている一つひとつの事象を取り上げて、人間の内面に与えている影響について検証していきたい。

# 3.〈内的環境〉

## 人々の内面は大丈夫といって良いのだろうか？
## 一人ひとりは夢を持っているか？　大切なのは夢だろう

これまで大切な人を守るために、私たちを取り巻く外的環境について検証してきた。その結果、いくつもの問題が山積していることが明確になってきた。こうした環境下において人々の内面、つまり心は果たして大丈夫といえるのか、検討してみることにした。まず、現代が何かと競争社会ともいわれる中で、人々はほんとうに自らの目標や夢を持って生きているのだろうか？

人々が自らの目標に向かって頑張ることで、周りを刺激し成長し合うことはとても良いことである。人生において、志を高く持って目標に向かうことができれば、それは幸せであると思う。こうした過程で存在する競争はお互いを刺激し成長し合うために役立つとも言えよう。それはそれぞれにとっての目標に向かっているると思うからであり、究極的には多くの人々や生物に役立つことに繋がると思うからである。

次に、こうした競争社会の中で、人々は果たして夢を持てているかに焦点を当ててみたい。特に若人が自分の夢や志を持てているかという点はとても大切であると思う。家庭環境によるので一元的に言い切れないが、もし経済的に困窮されていて、日々の生活を成り立たせようと物事を近視眼的にしか見ることができず、ただ生活の安定だけを考え自らの夢や志にチャレンジできないとしたら、それはとても残念であると思うし何とか打開できないかと思う。そのような経済状況に陥った原因や背景に対し、問題解決の糸口を見つけ、何とか乗り越えてほしい。また極端な例ではあるが、戦争のような異常な状況は、人々が自らの夢を目指す機会を消してしまうので、絶対に起こしてはならない。

人生は一度きりなので、今を大切にして今やるべきことを行わないと、後悔することになるかもしれない。一人ひとりが自分の夢や志を目指せる状況になってほしいが、そうなっていない人には何が妨げになっているのだろうか？何かの問題に引きずられているのは確かであろう。私の場合は失恋であり、なかなか立ち直れなかった。ただ、もしこれまで思うような生き方ができていなかったとしても、いつでも新しい夢を目指して始めることが遅いということは決してないと思う。今やりたいと思うことに舵を切って進むことが、つまり夢を持つことが人生を豊かにするので、私はそのように思う。経済的な問題でこのようなことなど考えられないケースもその時点ではあると思うが、時機は必ず来ると思う。理想論ではあるが、人々が前向きに努力し夢を持てるよう、そしてみんなすべてを支え合っていけるような地球社会にしていきたい。それはきっと一人ひとりがその社会に貢献したいと思える社会であると思う。

そのためにもまず、この素晴らしい地球に生きているという事実を理解してもらえるように、また同時に私たちがどのようにこの素晴らしい地球を守っていく必要があるかについても、私は伝えていきたいと思う。人々がこの世に生きている喜びを感じられれば、人々はもっともっと「今」を楽しめるようになるのではないかと思う。たとえどのようなことがあったとしても、一人ひとりが前向きに夢を追い求められ、生きる目的や喜びを感じられる社会に生きてもらいたい。

## 心の健康は保てているか？

落ち着いて自らの将来を考え冷静に目標を設定し、それに向けて目指せる状況が、心が健康で健やかな状態であると私は思う。思うようにいかないのが人生ではあるが、様々なことがあっても心が平穏で、安心して自信を持って生きられる状況にあることが望ましいと思う。もちろん何でも思うようにならないからこそ、それを乗り越えていく過程に人間としての成長もあるとも思うが、それでも心の健康を保つことは最も大切であると思う。近年は学生であっても社会人であっても、何かとプレッシャーがかかり、伸び伸びと生きていないのではないだろうかと心配になる。人々が自らの夢や志に向かって勉強したり準備したりすることがほんとうにできているのか、残念ながら私にはよく分からない。どこかに疑問や不安を抱きながら生きていても、できる限り心は健康であってほしい。

一方、世界の平和や地球の安全が崩れると、不安や心配で心が病む人々が多くなる。このような状況を引き起こさない仕組みの構築が望まれる。世界において何の罪もない市民が戦争や紛争や暴動などに巻き込まれたり、その結果として難民として安住の地を追われている人々が多数いるという事実は、ほんとうに悲しい。このような状況を引き起こさないために私たちに何ができるのか、状況を調査・分析し、原因を抽出し、解決策を探していく必要がある。そして安心できる社会や世界の実現に近づけていきたい。さらに地球に目を向けると、一人ひとりが心を安らかにして、人類を含むすべての生命を守っていく必要があると思う。私たち人類がリーダーシップを取ってこの地球を守っていくことが求められているのだから、その責任は大きいと言えよう。

「心の健康とは何か？」というテーマを最後にもう一度考えてみたい。これはあくまで理想論であるが、これは人々が平和な環境で、家族や周りの人々と楽しく健康に暮らせている状態にあることを示すと思う。そしてそれはまさに、一人ひとりの人々がそれぞれの人生の目標に向かって前進していることのように思う。少なくとも自らの生き方に満足して生きている状況であると思う。そしてきっと美しい自然が周りにあり、自然からの恵みにも支えられている状態であるとも思う。現実的にどこまで実現できるかは分からないが、このような社会に近づけるようにしていきたい。

## 社会の構造も歪んではいないか?

現代の若者が就職活動に気を使いすぎていたり、大望を抱けずにいたり、大きなチャレンジに身を投じられなかったり、会社員などが自らの夢を追えずにいたり現状に縛られていたりするのは、社会の構造にどこか歪みがあるように私には思える。

学生は伸び伸びと自由に勉学に励み、夢を見つけ、追い求められる社会が望ましいと思う。つまり学歴とか就職とかだけに拘るのでなく、本人の興味から自由に将来の道を選び可能性を追い求められるように、心にゆとりが持てる状況が望ましいように思う。これは大人の世界でも同じことで、進みたいと思う道を目指しいつでも起ち、挑戦できるような世の中であってほしいと私は思う。見方を変えれば、もっと自らの志を貫き、いつでもチャレンジできるような、安心できる社会であってほしい。理想を言いすぎているかもしれないが、誰にでもチャンスがあり、いつでも挑戦できる社会、世界であってほしいと思う。言い換えれば、一人ひとりが夢を描けるような社会、そして一人ひとりが生物や次世代に対し思いやりのある行動が取れるような、心にゆとりが持てる社会にしていきたいと思う。

**生活はどうあるべきか？　昔と現在との違いを見てみたい**

**昔）** 生活レベルは現在よりかなり劣っていたかもしれないが、食事は基本的に家族団欒でとっていた。多くの家族が一つの家に住んでいると、話はより盛り上がる。食器は交代で洗っていたりして、この過程でも大切な情報交換ができていた。子どもたちも祖父母等から様々な知恵を学ぶ機会も多かった。ただ、女性だけが家庭を守るという考え方が根底にあり、その点はとても問題であった。

**現在）** 核家族化が進み、さらに仕事や学業が忙しく、家族で一緒に食事がとれるのは、多くの家庭では週末くらいになってしまったように思われる。食洗機などの便利な機械に囲まれ家事の負担は減ったが、家事の最中での会話も少ないのが実情である。また家族が一緒に調理などを共にしたり、会話する機会も限られている。さらに単身赴任というような家庭生活を考える上での異常事態も、必ずしも珍しい状況とはいえない寂しさがある。但し、ビデオ通話など技術の進歩でいつでもどこでもコミュニケーションは取れる状況にはなっている。また、一人で生きていける環境が整ったことは、いろいろな可能性を考える上で良かったとも言えるだろう。女性の立場は、多少は改善されてはいるがまだ十分であるとはいえない。

家族のふれあいという観点から見ると、一緒に過ごす時間がとても減ってしまったように思われる。幸せについて考える上で、もう一度何を優先することが大切なのかについて、また男女がそれぞれをどう敬い合い家庭生活を営むかについて、考えてみる必要があるように思う。

**昔）**どこにでも外で遊ぶ子どもたちがいた。そこには動物もたくさん生息していて、虫を捕ったりもしたが、いろいろな生物にも遭遇できた。季節の移り変わりも日々の生活の中で身近に感じられ、それぞれの季節の訪れを感じ、楽しめていたように思う。冬は寒く、近所の人が起こしていた焚火にも通学途中でよくあたらせてもらった。一方、夏は暑かったけれど現在と比べるとそれほどでもなく、自由に外に出て自然の中で遊べて楽しかった。

**現在）**子どもたちは外で遊ぶより、家の中に留まり、一人でゲームなどに時間を費やすことが多いようである。家族における兄弟姉妹の数も一段と減ってきてしまった。屋外は空気も必ずしもきれいとは言えず、様々な危険とも隣り合わせになっている。温暖化に伴い熱中症のリスクも高まっている。都会では近くに昆虫などもあまり多く生息していない。また、放課後に外で遊んでいる子どもたちの数も、めっきり少なくなってしまったように見受けられる。小さい時から塾などの習い事に通っているように思う。

自然や友達との触れ合いという観点でみると、幼少期に大切な体験があまりできなくなってしまっているのではないか？　遊ぶ時間が削られ、自然や友達との触れ合いの機会が明らかに減少している。人間形成という観点から何らかの対応策が必要ではないかと思う。

**昔）**幼少の頃、長期の休みになると毎年のように行った伊東や那須で多くの生物と触れ合ってきた。また住んでいた東京でも近くにはまだ畑や空き地もあり、アオムシがいたり、多くの蝶が飛んでいたり、鳥の鳴き声も時として意識すると煩いほどであった。雀もツバメもオナガもそれぞれの季節で見かけられ、鳴き声を耳にした。自然がどこにでも手の届くところにあったので外で遊んでいると、いろいろと観察できて楽しかった。

**現在）**私の住んでいる都会では、ある程度緑が公園に存在する以外はアスファルトで覆われ、その周りには住宅がぎっしりと立ち並んでいる。鳥の鳴き声もあまり聞かなくなってしまった。また、虫の声もあまり聞こえてこない。地方にでも行かないと自然に触れ合う機会がめっきり減ってしまっているように思われる。星も夜間の照明でほとんど見えなくなってしまった。前述したように外で遊んでいる子どもたちもあまり見かけなくなってしまった。治安が悪くなったり、騒いでいると近所からクレームが来るような状況になってきたことも、一つの原因なのかもしれない。

四季折々の風景、身近な自然との触れ合い、子どもたちの外での元気な遊びといった、かつては当たり前のように目にしたそのような光景に出会えなくなってきている。少し前の時代を知っている私にはとても寂しく感じられる。

**昔）**道は舗装されていないところも多く、中でも砂利道はとても歩きにくかったが、その周りには自然がそのまま残され、多くの昆虫や蝶もいた。雑草もたくさん生えていてどこでも自然と触れ合えた。雨が降って時々生じた水たまりでさえ、アメンボなどの生物も元気に生息していた。

**現在**）道はどこでも舗装され、車にとっては走りやすくなった。また砂埃も減ったが、その周りにあった自然は、家などの建築物が立つことでどこかに後退していってしまった。地方や川辺にでも行かなければ昆虫たちにもなかなか出会えなくなってしまった。温暖化の影響もあるのかもしれない。また空気も少しずつ汚れてきていて、地方や郊外のまだ自然が十分残っている場所にでも出向かないと、おいしい空気は吸えなくなってしまったように思われる。

都会では便利さと引き換えに自然という大切な世界を失いつつある。とても大切なのに。また、私たちが最も大切に守っていく必要がある存在であるのに。

**昔**）外で遊んでいても気持ちが良かった。空気も新鮮で、井戸水もいつも冷たくおいしかった。野菜には虫が付いていることもあり、また時として形も不揃いであったが、瑞々しかった。その時々における新鮮なものを摂っていた。長期間保存することはほとんどなく、その日に買い物をしてその日のうちに食べるのが日々の日課であった。

**現在）** 外では光化学スモッグやＰＭ２・５の汚染が時々観測され、空気も必ずしもきれいとはいえない。水もミネラルウォーターを購入して飲むことが多くなった。野菜はほとんど形の揃ったものが店頭で売られ、またこれまでは手に入らなかったような外国産のものを含め、どのような種類のものでも季節を問わずかなりのものは常時揃うようになった。しかし中には、旬であるおいしいものがよく分からなくなってしまった野菜もある。冷凍食品がどこでも簡単に手に入り利便性は向上したが、他方、新鮮なものを食べる機会がめっきり減ってしまったように思う。ただ、男女平等の考え方が定着し始め、共働きを支える技術革新が進んだこと、そしてそれに伴い経済成長が進んだことは良かったといえるだろう。

きれいな水とおいしい空気、新鮮な食べ物に囲まれていた時代は、残念ながら都会では手の届きにくいどこかに消え去ってしまったように思えてならない。一方で、現在、すべての人々が様々な機会を持てる社会になってきたことはとても良かった。いずれにしても何を優先する必要があるかを考える時に来ているように思う。

**昔）**買い物はその日の夕方までにお店に出向き、購入し、新鮮なものを食べた。売り切れや期待していた食材が入らない時も頻繁にあった。冷蔵庫もようやく登場してきたが、冷凍庫に食べ物を保存しておくという考え方はその当時はほとんどなかった。このため冷凍食品だけでなく、防腐剤などケミカルの使用もほとんどなかった。つまり新しいものをすぐに食べないと腐ってしまったのである。

**現在）**今や冷蔵庫はどの家庭でも備えられており、冷凍食品も数多くある。防腐剤などの食品添加物も多く使用されているので、新鮮なものを買わなくても保存食さえあれば生活できる時代となっている。技術革新が生活の多様化を生み出し、また生活様式も豊かに変えてきたといえよう。特に多くの女性の社会進出には間違いなく良かった。しかし、一方で人々は多くのケミカルを含んだ必ずしも新鮮とはいえない食物を頻繁に口にしている。これは見方を変えれば、健康維持にはとてもマイナスとなってしまっているともいえるだろう。ただ、医学の進歩などによりそれでも平均寿命は延びてきてはいるが、それがほんとうに正しい姿であると言えるかは、一度冷静に考えてみる必要があるかもしれない。科学技術の進歩で新鮮な食品でなくても食べられるようになったため、結果的に健康に必ずしも良いと言えない食物を多く摂取することになってしまったようにも思うが、食料不足の時代にはこうした技術は不可欠なのかもしれない。

もう一度どのような食材を摂るのかという原点に立ち戻って、食生活については見直す必要があるのではないかと思う。技術革新を活かしながら、私たちの生活をどのようにしていくのが良いか、改めて考える必要があるのではないかと提言したい。

**昔）** 誰かにいち早く連絡したければ、自宅の電話かコイン式またはカード式の公衆電話を使っていた。また郵便も頻繁に活用していた。少しずつ手書きからタイプライターまたはワープロに代わっていった時代であった。人に何かを伝えるには、基本的に会うことしかなかったが、これがとても大切なコミュニケーション手段であった。

**現在）** メールやチャット、SNS、ブログなど、様々なツールを用いていつでも相手とコンタクトすることができる。また共有ツールを用いることで、一度に多くの人とも対話することができる。とても便利になったことで、多大な恩恵を得ている。しかしその反面、相手と直接会って話をする機会はめっきり少なくなってしまった。さらにSNSを介した監視し合う現実や同調圧力もあり、息の詰まるような状況に苛まれ、対人関係が作りにくくなってしまったともいえる。とても大切な、人と人とのふれあいの原点は、会って心を通わせることなのに。このため、社交性を、社会に出る前にも社会に出てからも学ぶ機会がめっきり減ってしまったように思われる。

人と人との大切なコミュニケーション、心のふれあいを結果的に度外視してしまったともいえるツールが、それぞれの使い方や活用すべき状況を十分評価・検証する前に、普及、横行してしまったのではないかと危惧する。大切なコミュニケーションの仕方をどう教え、どう学んでいくかを、あらためて考え直していく必要があるように思う。技術の進歩で生まれたツールは、そうした検討の上で用いられるととても意義深いものであると思われる。

**昔）** 地方であれば車での移動は不可欠でこのため車の普及も進んでいたが、都会では基本的には電車およびバスなどの公共交通機関が主として使われていた。タクシーの台数も必ずしも多くはなく、駐車場の場所もそれほど多くはなかった。また、交通量も必ずしも多くなかったので渋滞もそれほど激しくなく、自然環境も比較的保たれていた。

**現在）** 今や車は必需品のようになっていて、徐々に高級車の割合も増え、都会では駐車場も常に混雑気味で、道路の渋滞も頻繁に起きている。公共交通機関の利用も決して減っているわけではないが、エネルギー消費や環境のことより利便性を優先する社会になっているようである。便利になったことは良いことであるが、地球全体を考えると弊害の大きさも気になるところである。

私たちの生活にとってほんとうに大切なものは何なのか、どう利点を活かし欠点を減らせるか、もう一度じっくりと考えてみる必要があるのではないかと思う。

**昔）** 固定金利制度を各国が採用していた時代、国力の差はあったものの、各国内の景気は比較的安定していた。市場としては変動金利制度に比べ閉鎖的であり、限定的であった。ただ、現在のように世界の株式や為替の変動に振り回されるようなことはあまり多くなく、落ち着いて仕事を進めることができ、人々のストレスは比較的小さかったように思われる。

**現在）** 変動金利制度が一般的となり、また貿易の自由化などで国際的な障壁が縮小し世界がいろいろな意味で近くなったこと、さらにそれに伴って人々の生活が豊かになったことは良かった。しかし一方で、国際金融市場の動向に日々振り回され競争が激化してきたことに伴い、地道な仕事だけでは生き抜いていくことが難しい時代になっているのではないかと危惧する。人々は日々ストレスを受け、必ずしも落ち着いて仕事ができる環境ではなくなりつつある。どのような形が望ましいかまでは分からないが、精神的には心の平穏を取り戻せるような環境を、どこかに求めていく必要があるのではないだろうか？

近年、生活は便利になったが、一方で心の余裕を保ちながら仕事を着実に進めることが難しい社会になってきたように見える。人はみな生まれた時代と折り合いをつけて生きていくしかないものの、その中でも大切な心の平穏の拠り所をどこかに見出していく必要があるように思う。

## 人類がこれまで引き起こしてしまったこととは何か？

産業革命が工業化を促進し、人々の暮らしを格段に便利に変えた。とても素晴らしいことであった反面、空気中の二酸化炭素濃度の上昇や公害など、目に見える自然環境破壊が始まったのもこの頃からであったと思われる。これを発端に様々な技術革新が進んで、生活は一変した。さらに益々進んだ技術は多くの効用をもたらしたが、一方、そうした技術を駆使した競争は産業界に留まらず、大量破壊兵器を用いた大規模な戦争といった、これまで考えもしなかったような「悪」も結果的に生み出してしまった。急激な技術革新が起こったために、正しいことと間違ったことのきちんとした線引きや、環境影響評価といったリスクアセスメントを前もってきちんと実施できなかったところに、大きな問題が内在していたように思われる。人類は一般的に新しい物好きで、その背景に潜むリスクや問題に対する感覚が鈍いのではないかと思われる。

人類にとってほんとうに大切なものは何か今一度冷静に問い直し、その中で自分がどのような価値観をもって生きているか、生きていくか、あらためて考える必要があるのではないかと思う。

## これからに向け人々の生きる目的を展望してみたい

この章でこれまでみてきたように、人々の心も必ずしも満たされているとはいえないように映る。技術の発展に沿って人々の暮らしは格段に便利になった一方で、私にはどこかに大切なものを置き忘れてきているのではないかとも思えてならない。ただ、大切なものをしっかりと摑むことができれば、これまで進歩してきたものを活用し、より豊かに生きることができるのではないだろうかとも思う。人々の生きる目的とは人それぞれ違うとは思うが、それでも何かを見つけ熱中したり、目標を目指したり、愛情を育んだり、美しい自然や芸術や人々との触れ合いに感動したり、端的に言えば心を弾ませることのように思う。何となく漂う最近の失速感を拭い大切なものを再発見し、一人ひとりが生き生きと人生を過ごしていってほしい。私としては、大切な人や自然環境を着実に守っていくことが、自らの人生の目的である。

一人ひとりの人間から人類に目を向けると、いろいろな変化があっても安定した生活をおくれるように農耕などを大切にし、環境や生態系を守りながら食物を得ていくことが大切である。また、この地球を守っていけるように、人口についても適正な個体数に維持していくことも大切であるように思う。科学技術の発展は良いことだが、前述してきたような基本的な生き方を大切にしていく上で、上手に活用していくことが理に適っているように思う。前述のように一線を越えて戦争などに走ってしまうと、人間としての目的を達成できないばかりか、地球の維持をも危うくする可能性が生じてくるので、そのようなことがあってはならない。大切な人や自然環境を守っていくためにも、冷静にこれからの私たちの生き方について考え、間違っていた活動に関しては真摯に正していくことが重要であると思う。楽しい生活を一人ひとりが達成できるように、また生物が伸び伸びと生きられるように、私自身も微力ながら貢献していきたい。

今後どのように私たちが地球を変えていく必要があるかを考えていく前に、まず、今のままの状態ではどのような未来が待っているのかについて、一度冷静に分析してみたい。また、それぞれの人々を待ち受けている未来についても予測してみたい。現在の人々の置かれている立場がより明確に見えてくるのではないかと思う。

# 4.〈今のままでの将来予測〉

**今のままの状態で見えてくる将来とはどのような姿か？**

**今のままであると地球や世界はどうなってしまうのか？**

大きな問題として以下の4つが見えていると思われる。

1. 地球温暖化にまつわる諸問題
2. 人口問題をはじめとする貧困の問題
3. エネルギー問題をはじめとする産業にかかわる問題
4. 戦争、紛争、テロといったモラルを無視した破壊の問題

この中でも最も制御しにくく深刻なのは1に関する問題であるが、これはそれ以外の2～4の問題にも悪影響を与え、密接に絡んで問題をさらに複雑にしている。

まず、1の問題を構成している項目から挙げてみたい。

気温上昇、異常気象、食糧問題、乾燥化、砂漠化、森林の減少、森林火災、陸地の水没、生物多様性の減少（既に1970～2016年の間に哺乳類が平均68％減少[10]）、パンデミック感染症の増加、海水温の上昇、サバクトビバッタの異常繁殖、洪水および暴風雨の増加、台風・ハリケーン・サイクロンによる被害増大、高潮、海洋酸性化、氷河の後退、漁獲量の減少、サンゴ礁の白化・消失、熱波による熱中症や熱帯性の感染症の増加、干ばつ、$CO_2$の21倍の温室効果を有するメタンの放出……。と様々な脅威が襲ってくると想定されている。これ以外にもいくつもの問題が想定されるが、産業革命以降既に1℃以上上昇している世界の平均気温が1・5度まで上昇したらどうなるのであろうか？　少なくとも2度を超えると、地球の気候システムのバランスが崩れ、そうなると気温が4～5℃上昇する「ホットハウス・アース（温室化した地球）」を招く公算が高い。ここに重要な分岐点（臨界点）が想定されており、これを超えれば引き返すことができなくなり、今世紀末には平均気温が4度も上昇する可能性まで示唆されている。4度上昇すると何が起こるのか？　動植物の半分が絶滅の危機に陥るばかりでなく、水不足、農作物の減産、海産物の激減、干ばつ、森林火災、海面上昇により人々の生活ばかりでなく生命にも危機が及ぶ。アマゾンの森林破壊などはさらなる温暖化に拍車をかけ、その後地球が壊滅的な状態に陥ることは避けられない。現時点ではＣＯＰ26（グラスゴー）で合意されたパリ協定での目標値、１・５℃上昇を、守らなければならない臨界点として考えるべきであろう。どれだけ早く私たちがカーボンニュートラルを達成できるかで、これからのシナリオは大きく変わる。この不可逆な状態に陥る前に何としても食い止めないと、希望のある未来が間違いなく見えなくなるだろう。

## 4．〈今のままでの将来予測〉

2の問題を構成している項目も挙げてみたい。

これは主として発展途上国に絡んだ問題であるが、人口増加、飢餓、栄養不良、難民、貧困、国による格差、資源の有無による影響、発展途上国における環境問題などがあげられると思われる。これらの問題に1もかなりの悪影響を及ぼすと想定される。

３の問題を構成している項目も挙げてみたい。

これは主として産業に絡んだ問題であるが、エネルギー問題、原子力の問題、核燃料の処理、海洋汚染（プラスティックごみなど）、大気汚染、水質汚染、森林伐採、酸性雨、有害廃棄物の越境移動、オゾン層の破壊、ＡＩの暴走などがあげられると思われる。


４の問題を構成している項目も挙げてみたい。

これは主として先進国に絡んだ問題であるが、戦争、紛争、テロ、領土問題、人種問題、覇権抗争、世界の分断などがあげられると思われる。


２から４の問題では、１の問題の影響もあるが、様々な思惑が絡み合ってかなり複雑になっている。

２の問題は、１の問題の影響を受けるとますます深刻になり、多くの人々が餓死したり、難民となって、世界の秩序が保たれなくなるリスクを多分に孕んでいる。

3の問題は、安心できる生活や健康な日常を脅かし、1の問題と共に人々に多くの苦悩を与え、明日の生活を危うくするリスクを多分に孕んでいる。

4の問題は、核戦争による大量虐殺など、世界の秩序が一瞬で失われ、明日の地球の未来が一瞬で見えなくなるリスクを多分に孕んでいる。その背景には資源と富の収奪、水および食料の奪い合いが想定され、1の問題による影響がその勃発に大きく関与していると思われる。

今のままでは、1の問題が深刻化し、2～4の問題も同時または異時に頻発し、明日の地球に想像もできないほど暗い未来を招いてしまうのは必然のように思われる。つまり、地球上では生物だけでなく、人類も絶滅危惧種になる公算が残念ながら極めて高いと言わざるを得ないだろう。

**人々にどのような影響が出てくるのだろうか？**

すべての人を一度に対象とすることは難しいので、子どもたち、若者、勤労者および年金受給者高齢者に分類し、その未来について考えてみた。

## 子どもたちの未来

これから10年が正念場と想定されるが、親が生活において苦境に立たされると、学業に専念することも難しくなるのではないだろうか？　学校に安全に行けるか？　学校の授業が継続されるか？　国によって状況に違いが出るかもしれないが、多かれ少なかれ将来の生活に大きな支障が出現してくるのは間違いないだろう。

## 若者の未来

このような環境下では夢を追うどころでなく、どのような職業に就けるか？　どこに住めるか？　結婚や家族のことも含めて将来設計は考えられるか？　などがとても見えにくくなり、収入は得られてもそれで生活できるか不安な日々が訪れてしまうように思われる。しかし世界で同様な問題が起きると想定されるので、どこかへ逃げ出すという方法は叶わず、明るい未来は見出しにくい。

## 勤労者の未来

生活基盤となる収入の減少、失業、食料の高騰、物資の不足、劣悪な環境の中で、果たして家族や子どもたちを支えていけるのか見えなくなり、精神的にも肉体的にもかなりのストレスに日々悩むのではないかと思われる。また国に生活援助を求めても、どこまで対応してもらえるか分からない不安が付きまとうようにも思われる。たとえ資産家であっても、たとえ貯えが十分あっても、物価が極端に上昇し食料やサービスを得にくくなると、生活の質は極端に落ちるばかりでなく、生命の危機も忍び寄ってくると考えられる。今まで当たり前のように使っていた電気、水道等に関しても、いつ途絶えるか分からなくなるかもしれないのである。

## 年金受給者高齢者の未来

年金財源の減少、食糧難、劣悪な環境変化の中で、生きる希望を見出せなくなる公算が高くなるのではないかと懸念される。たとえ家族がいてもそれぞれが苦境に立たされているので、どこにも援助が求めにくい状況になる可能性が高いように思われる。

これらはすべて当てはまると言い切れないが、こうした状況に陥る可能性はかなり高く、安全で安心できる生活が年々脅かされ、多くの人々から夢どころか生きる希望すら失せていくのではないかと不安になる。

**現在どこまで問題は進行しているか？　解決への糸口は？**

地球温暖化に関しては、最近はその影響をほとんどの人々が感じるようになってきていると思う。また、将来の生活に大きな不安も見え隠れしているように思えてならない。少なくとも産業革命が始まった当初には、このような不安は感じられていなかったように想像する。だからこそ、これからの私たちの行動が重要である。

実際のところ、ティッピング・ポイント（tipping points）[11]という不可逆反応が始まるとされる臨界点が近づきつつある。これは前述したような問題が絡み合っているが、これを回避するためには、それぞれに対し、重要な介入点（レバレッジ・ポイント）で働きかけなければならないだろう。特に地球温暖化へのアクションは待ったなしで、これを進めるには様々な人間活動を根本から見直し、行動変化を促す社会変革が必要となる[12]。私たちの地球を変わり果てた惑星にはどうしてもしたくない。私たちの生活基盤を整える上で、まずは必要不可欠な環境基盤を改善していくことが、第一の優先課題であると思われる。

昨今注目されているＳＤＧｓの17のゴール、１６９のターゲットには、気候変動や生物多様性等に関する目標の他、経済発展や社会福祉等に関わるものが含まれている。これらのゴールおよびターゲットは相互に関係していて、複数の課題を統合的に解決すること、すなわち一つの行動によって複数の側面における利益を生み出すマルチベネフィットが目指されている。社会変革に当たっては、こうした複数課題の同時解決を目指すアプローチが必要不可欠となっていることも明確である[12]。但し、その根本は環境改善であり、漠然とした対応では手遅れになる可能性が高いので、人々の認識を高め、危機を回避するアクションを直ちに取ることが求められる。「今」、私たちは立ち上がる以外に道はないと思う。

## 破滅への道を避けられる可能性は残されているか？

前述した破滅への道は、一度平和という概念が世界で完全に定着できれば、様々な問題への解決の糸口が見え始め、技術革新と共に乗り越えられるように私には思えてならない。そして、もしそのような安心を人々が感じられるようになると、人々は日々の生活に不安なく没頭でき、将来がはっきり描けるように変わっていくのではないかと思うが、皆さんはどう思われますか？

これらについてどのように実現できる可能性が残されているか、残りの章の中で一つひとつ掘り下げて考えていきたい。

まず次章では、あらためて人々がこれまで少しずつ間違った方向に舵を切ってきた事実を、その本質から見つめ直していきたい。また、その解決の糸口を探りつつ人生の目的を考え、いくつか構想を示してみたい。未来に向け一人ひとりに幸せを摑んでほしいし、将来の世代のためにも正しい方向へ軌道修正をかけ、またこの地球を美しい星に戻していきたい。目的は言うまでもなく、人類を含むすべての生物を守ることだ。それがすなわち、大切な人を守ることに間違いなく繋がるからである。

## 4.〈今のままでの将来予測〉

# 5．〈現状認識と今後の展望〉

## 地球、生物および人類を守るためどう変えれば良いか？
## 人災は正していかないと明日が消えていくかもしれない

産業革命が起こる以前と比べ、それ以降の地球は急速に変化している。生活は便利となり、世界への行き来も格段に便利となり、医療も急速に進歩した。しかし一方で、残念ながらこの地球を支えてくれている生物たちの多くは苦しみ、さらに生活の場を徐々に奪われ、人間が変えてしまった地球の中で何とか耐え忍んで辛うじて生きているか、絶滅してしまったように見える。また、地球温暖化は穀倉地帯を少しずつだが着実に高緯度地域に押し上げ、同時に乾燥・砂漠地域を拡大させている。これによりこれまで成り立っていた生態系もいたるところで破壊され、前述したように絶滅や絶滅の危機に追い込まれてしまった生物種も多い。さらに様々な環境汚染や森林伐採により、多くの生物種の尊い命が次々と失われている。現在はこのようなことが並行して進行しているのである。これまでの流れを変えていかなければ、この延長線上に人類を含めた生物の生命滅亡の未来が、遠くない将来に来てしまうのではないかと危惧している。冷静にここ10年前、20年前を振り返ると、この先の変化がこれまでの常識を一変し、思いもよらない未来に繋がりそうな恐ろしい予感さえする。ここで私たちは立ち止まって冷静になり、リスクを着実に低減していかないと、地球の将来が危ういことは残念ながら事実である。我々の子孫も含め、地球上の生命そのものが絶ち切れ、途絶えてしまう可能性を排除する必要が今まさにあるのである。人類の知恵と英知を結集してこの状況を大転換できれば良いのだが……。この実現こそ人類を支えてくれている生物たちに対する私たちの責任であり、これまでの罪の償いでもあるとも私は思う。皆の力でこの地球の変遷を良い方向に大きく軌道修正し、少しずつでも安全な美しい地球に戻していきたい。

## 天変地異そして経済不安

最近の日本は亜熱帯化してしまったのではないかとも思えるような気温上昇、渇水および豪雨、また日本に上陸する台風の増加・時期の早まり・勢力の増大、さらに欧州の酸性雨、世界での氷河の後退、永久凍土の融解、砂漠・乾燥化地域の拡大、森林火災などは、これまでの長年の気候変動に比べると非常に変化が大きく急速で、異常といっても過言ではないように思う。少なくとも最近の気候変動が平年並みではおさまらない不安定な状態へと、少しずつ変化してきていることは明らかである。これらの根本原因は温室効果ガスの濃度上昇であるが、これはまさに人為的な活動の副産物である。だからこそ、私たちを支えてくれている他の生物たちに、これ以上犠牲や負担をかけないようにするためにも、こうした無意識的に積み重ねてきてしまった人類の過ちを速やかに正していく必要がある。さらに、地球規模での変化は必ずしも自然環境の変化という形だけに留まらない。人口増加や食糧不足の問題は、経済不安にもつながっていく。また、こうした様々な歪みが、戦争・紛争やテロにもつながる可能性もある。戦争などが勃発すると環境破壊が格段に進み、負のスパイラルですべての状況はさらに急速に悪化する。この地球上の自然界での様々な危機や人類の抱える経済的危機を摘み取るために、世界が一つになって動いていくことが必要であると私は思う。人々が力を合わせ自然や人類を守る強固な協力体制さえできれば、人類の英知を結集させこの地球上の危機の大部分は回避できるのではないかと考えている。今大切なことは、難しいことは重々承知しているが、世界が一つに纏まり、同じベクトルの方向に舵を切り、一緒に協働することではないだろうか？　私としては将来的にこの形を目指していきたい。

## そうした中で現代人、特に若者は何に関心があるのか？

一般的に学生の関心は、何かに夢を持ちたいと思っているものの、当面は将来の可能性が広がると考えられる有名な学校への進学などが、そのメインテーマであろう。主な大学生の関心事は、将来に向けた安定した就職先の確保であろう。さらに就職すれば、多くの人は昇進・昇給や新しい家族を持つことに焦点をあてるように思う。そうした中で、同時にいかに健康で楽しく暮らせるかに焦点が当てられると思われる。しかし、これだけではないと思う。何か他にも夢や希望があると思うが、一般的には描ききれない。ただそれはとても大切なものであると私は思う。つまり、それは燃えられるものであり、大局的に見れば、その燃えられるものを追い続ける生き方が素晴らしいと思うからである。ただ、そのような心の躍動が最近の人々にあまり感じられないように私には映ってしまうのだが、それは何故だろうか？

## 社会の構造は正しいか？　それはどういうことか？

政治は代議制が良いと思うが、人々の望むところがきちんと反映されるようになることが重要であると思う。また、一人ひとりが生きている意味を実感し、就いている仕事が人々（生物たちにも及べばさらに良いと思う）に役立ち、それに誇りを持ち満足しているという状況が、正しい社会の構造ではないかと思う。それは決して自らの利益だけを追求することだけではなく、みんなにも貢献できているという喜びをどこかに感じられている状態である。そうした心のゆとり、心の大きさを一人ひとりが持てる社会は、無限に良くなると思う。その形こそ、私たちが目指すべき社会の構造であると私は思う。

特に心理的な面から考えると、一人ひとりがみんなすべて（人々や動植物）のために生き、それを幸せと感じられる社会となっていることではないかと思う。人間の幸せとは、家族など大切な人々と平和に暮らし、そして生物とこの地球を大切に守り、その美しさに感動し、またその恵みを頂戴し感謝することのように私は思う。私自身としてもできること（電気の節約など）を一つひとつ着実に進めていきたい。

## 社会の構造を正しく保つためにはどうすれば良いか？

心理的な面に目を向けてきたが、理想論だけでは何も変わらない。現実的にどう変えられるかがその鍵となる。まず、この地球の生態系を考えた時、人類としての適正な人口について考える必要があるだろう。そして産業革命以降の公害等環境悪化の現状をできる限り修復、改善し、自然を本来の姿に戻していく必要もある。さらに地球温暖化などの世界的な規模の問題には、歯止めをかける対策にグローバルで取り組み、少しずつでも改善傾向を見える形にしていく必要がある。こうした施策を一つひとつスムーズに実施できるようにするために、世界が纏まって対応できる道筋を付けることが急務であるとも思う。そして、そのような施策を実施するには、今のところ自らを含め賛同していただける人々の発言力を高めていくことが、重要ではないかと思っている。それでは何が一番効果的であろうか？

## 国家としての取り組みも考えてみる必要があるかもしれない

国家としては様々な課題に一つひとつ一生懸命取り組んでいるが、人々の安全、安心を確保する危機管理に必ずしもつながっていないのではないかと思われることも少なくない。まずは安全に生きていくための環境を守ることで人々の心身の健康を担保し、経済を支え、国民生活を豊かにするという図式を分かりやすく説明し、実施していく必要があると思う。例えば、現在の世界的金融危機（株式等）に何が起因しているかをしっかりと分析し、まずは経済的な問題解決が重要である。私としては少し飛躍しすぎていると思われるかもしれないが、この安定化に人の価値観につながるような精神面からの変革、生活環境の改善、自然環境の保護などが役立つのではないかと考えている。何故ならそれは、人々に元気を与える大切な施策の一つになると思うからである。私は、内容は人それぞれであるが、人間にとってとても大切な心の安らぎについても、それが何からもたらされるかについて検討していきたい。

## 環境の悪化が国民生活に及ぼす影響は決して小さくない

地球温暖化により農作物の収穫量が下がったり、環境汚染により経済的な負荷がかかると、経済指標を示す株価も下落する。世界は繋がっているので、どこかの地域で何らかの問題が起きると、世界同時的に経済不安が起こり、企業の実績にもマイナス影響を及ぼす公算が高まる。さらに経営環境が悪くなると、いずれ給与水準が下がるばかりか、失業のリスクも高まる。一概に企業の経営状況を云々することはできないが、このように企業の経営環境をマイナス方向にシフトさせる大きな要因の一つは、まさにこうした環境悪化に起因した世界各地での問題の顕在化である。このために、このような根本問題に対するリスクヘッジを今から進めていく必要があると思う。特にこの環境問題に焦点を当てるのは、いつも負の方向に引き金を引く可能性が高いからであり、同時に人々の不安を高めるからである。

## 身近に迫る大きな問題は見過ごされていないか？

人々は一般的に目先のことや各々の関心事に心を奪われ、わが身や家族に直接降りかからない周りのことについては、無関心である傾向が強いように思う。最愛の人や家族、友人や職場または学校での関係者についてはを気にかけたりするが、特別大きな影響がない限り、地球や環境に対する感情はあまり顕在化されていないように映る。しかしこれまで指摘してきたように地球環境に対しては、直ちに正しい対処が必要な状況にあるのである。何か大災害が起こってはじめて、どうしてこのようになってしまったかと振り返っても、残念ながら手遅れである。また、テロやミサイルの脅威と言われても、いつの間にか忙しさに紛れて忘れてしまう。しかし、脅威は間違いなく実在しているのだ。こうした状況に対し、私たちはどのようにアクションを取ったら現状を改善できるのだろうか？　危機感を煽り過ぎたり、そのリスクの大きさだけを示すと、無関心となったり逃避してしまうことにもなり兼ねない。だからまずは理解しやすい、または関心を持ちやすい事柄から伝える必要があると思う。しかし一方で残り時間は限られているので、時機を逸することはできない。このため、まずは一つひとつ関心を持ちやすい事柄から伝えていく必要があるだろう。こうした教育の重要性がますます高まると思われる。

## 人災を正すには、何をどうすれば良いのか?

人災である地球温暖化の原因であり最大の脅威でもある、増加を辿っている地球上の温室効果ガス濃度を下げるアクションを取るために、まずは全世界が一致団結し協力する体制を作ることが最も大切なことであると思う。何故なら一国民だけで産業革命以前の大気の二酸化炭素濃度に戻せることはできず、世界の人々の協働が不可欠であるからである。しかし現状は、対立している国同士が、ある目的のために纏まることは非常に難しい。現に、COPという枠組みで議論がなされているのにもかかわらず、実現に向けた足並みが必ずしも揃っていない。究極的には人々の理解を得て、各国の内部から変革してもらう以外に方法はないのではないかとも思う。

具体的には、地球の危機となり得る事象を十分に調べ、どうすれば安全で安心な状態に変革していけるかについて考える必要がある。そこには難しい問題が山積しているが、一つひとつの解決に向けた施策を世界の各地に割り当て、それぞれを着実に実現させる交渉に入る必要があると私は思う。国や地域の思惑を超えて実現させるには多くの障害があるだろうが、そのままにしておくということが最大の危機に繋がってしまうことを、多くの人々に理解してもらい、協力を求める以外に光は見えてこない。戦争や紛争もこうした世界での協力体制を構築し、一つひとつ解決しなくしていくアクションを取る以外に方策はないように思う。究極のところ、世界が一体となって一つひとつの課題に対し、正しい方向に動くアクションを進めていく以外に、地球を救える道はないと私は思う。しかし一方で、この地球を守るアクションには自らが関与することで変えられる未来がある。私たちは自ら考え、行動を起こせるはずである。だからこそ、今の時代に生きる一人ひとりの言動が重要になってくると私は主張したい。

## 温室効果ガスの放出防止に向けてのアプローチは？

工業化が進み、便利な生活を目指して世界が変化していくと、その当時の電力資源であった石炭や石油などが燃焼され、その結果、次第に大気中の二酸化炭素濃度が上昇していった。現在、電気自動車なども少しずつ普及し始めてきているが、その電力の産出にも未だに主として化石燃料が燃焼され、二酸化炭素が放出され続けている。私たちはまだ今なら気温上昇を本気になれば抑え込むことが可能であると期待できるが、これまでのところ必ずしも足並みが揃っていない。このリスクは既に多くの人々に認知されているが、まだ残念ながら大多数の人々が、危機感を感じるまでには至っていないのが現状であるように危惧している。しかし、第4章で記載したように、現実的には気温上昇の臨界点はすぐ近くに迫り、今にも超えそうなところにあるのである。実際、大規模な氷の溶解、熱帯雨林の消失、サンゴ礁の死滅、地球温暖化に拍車をかける潜在的なメタンガスの放出などが大きな問題として指摘されてきている。[11] 一日も早く人類が纏まり、共通の目標に向け積極的にアクションを取っていかないと手遅れとなり、やがて地球上の生命の滅亡の未来に向かってしまう公算が高いのである。明日の地球を守りたい。地球とそこに生きる大切な生物たちを、人々と共に守るために私たちに何ができるかを考え、これからその課題に一丸となって対応していく以外に道はないだろう。

## 二酸化炭素ガスを減らすことは、可能であるのか？

当然のことながらエネルギー産出のため、石油・石炭等を燃やさないこともその一つの大切な方針であるが、それ以外にも私たちにできることとして、ガソリンなどの使用量の削減、可能な限りの公共交通手段の活用、電気に関わる省力化および節電、植樹など、二酸化炭素濃度を減らすためにいくつもの方策はある。大切なことは、人々一人ひとりが日々の生活の中で二酸化炭素ガスを削減することを意識し、様々な場面でそれに向けて行動することである。また、政府の政策にも積極的に取り入れる必要がある。さらに難しさは承知しているがそれでも軍事費など不要なものを縮小、撤廃させ、その費用で植樹や二酸化炭素濃度を減らす技術開発を促進することも大切になる。ただ、世界の人々が同じ気持ちになって協働しなければ、この二酸化炭素濃度上昇による地球温暖化にブレーキはかけられない。各国が国益という枠を超え、協力し合う運動を進めていくことが求められる。みんなでこの「地球」を守らないと、あまり遠くない未来に希望を持てる明日が見えなくなってしまう可能性が高いので、こうした意識をまずは定着させることが「今」最も重要であると私は思う。

## 地球温暖化の防止はできるのか？

着実に温室効果ガスの濃度は上昇し、熱がじわりじわりと大気圏内に溜まってきている。短期間に区切って世界の平均気温の推移を見てみると、あまり変化は認められないかもしれないが、前述した通り急速に平均気温は上昇している。同時に海洋にも熱が着実に蓄えられてきている[13]。もしここで何かが引き金となりこの熱が大気中に放出されるようなことがあると、手が付けられない事態を招くことになるかもしれない。そのようなことが起こらないにしても、熱がどこまで海洋に蓄えられるかについて予断は許されないし、またこの海洋での温度上昇が気候にも大きな影響を及ぼすことは既に周知の事実である。最近の勢力の強い台風による甚大な被害を見ても、そのリスクの大きさを実感する。また、こうした気候の変動は高緯度地方に時として熱風をもたらし、この結果、永久凍土が融解すると地中に蓄積された二酸化炭素やメタンガスが放出され[14]、この流れが加速度的に進行する恐れも近年現実化してきた。さらに、ここから古代に広まったウイルスが息を吹き返し、新たな脅威になるとの指摘もある。とにかく温室効果ガス濃度上昇を今から着実に抑制するように動き始めて、この温暖化を着実に抑え込む必要がある。できるかではなく、やりきらなければ、人類を含むすべての生物の生きる地球を確実に守れないので、やりきる以外に方法はないと思う。

## 適切なエネルギーはどう生み出したら良いか？

前述の地球温暖化をはじめ、大気汚染、酸性雨などの問題を考慮すると、これまでの発電の主流であった火力発電は廃止とするしかないだろう。化石燃料というような呼び方を含め、貴重な資源を燃やしてしまうような考え方は、考え直していく必要があると思う。また、原子力発電に関しても、廃棄物の問題や放射能漏れのリスクから、現時点ではすべての問題がクリアできるまでは凍結した方が良いのではないかと思う。そして、大気中の二酸化炭素濃度を増やさない、再生可能エネルギーの効率的な取得に焦点を当てることが求められる。これは主として自然エネルギーを活用した発電の手法であるが、同時に生態系に悪影響を及ぼさない手法であることも考慮する必要がある。例えば、風力発電だからどこでも作れるというものではなく、環境アセスメントに沿ってリスクの低く効率の高い設置場所を選ぶ必要がある。また、太陽光からのエネルギーの取得効率を高める技術開発は、特に重要であると思う。さらに、地熱や波動に加え、再生可能エネルギーであるバイオマスの活用も大切であると思う。このように自然エネルギーや再生可能エネルギー取得に対して、さらなる発電効率向上の技術開発が望まれるところである。さらに、核融合といった新しいテクノロジーの技術開発にも期待したいところである。ただ、こうして得られたエネルギーそのものが、人類および生物にとってもマイナスとならないよう活用すべきであることについては、言うまでもないことである。

## 空気を汚染から守るためには

次のテーマとして大気に着目したい。動植物は呼吸をすることで生きることができるので、新鮮な空気、酸素は不可欠である。しかし近年の工業化により、副生成物として各種窒素酸化物および硫黄酸化物が大気中に排出され、人類を含む動植物の病気の原因にもなってしまっている。その中でも特に、その場を移動することができない植物や活動域が限られている動物への影響は深刻で、特に弱者と呼ばれる生物群ほど大きなダメージを受けている。また、そのような汚染物質は食物連鎖の過程で濃縮され、最終的に人類へも悪影響を及ぼす。その後の影響を十分に把握していない一握りの人間の活動、およびその問題を黙認しているとも言わざるを得ない私たちの無関心さが、このようにこの地球上の人類を含むすべての生物を結果的に苦しめているのである。これは自らの反省も含め哀しい現実である。特に人類が生きていくために私たちを支え助けてくれている弱者である生物たちを守ることこそ、我々人類の最も大切な責任である。喩えると、自分の畑に毒をまく人がどこにいようか？　言い換えれば、そのような畑で採れた作物を私たちが食べることになっているとしたら、そのような行為を見過ごせるだろうか？　答えは絶対に環境汚染は放置できないということになるはずである。また、局地的に汚染された空気はその場では希釈されるが、着実に拡散して広がっていく。強力な放射能が漏れれば、その周辺では生物は死滅してしまう。また、ＰＭ２・５などが空気中に放出されれば、国境を越えて他国へも汚染は広がる。さらに、フロンガスを拡散させてしまえば、地球上の生物を有害な紫外線から守るオゾン層を破壊してしまう。このように汚染物質は必ずしもその地域に留まらず、国外、地球上に広まり、生物圏に甚大な被害を及ぼす可能性があるのである。このため、一人ひとりがこうした危険性を十分理解し、国や地域レベルで有害物質の規制基準を着実に守っていく必要がある。このため、必要な教育や意識改革、そして政策転換が求められるのではないかと思う。

## 水を汚染から守り、また水の安定供給を保つためには

次のテーマとして水に着目したい。生物にとって、水は生きていくために絶対に欠かせない貴重な資源である。河川、湖沼および海の汚染および水の枯渇

は、生物存続の危機に直結する。汚染物質は特に弱者と呼ばれる生物群に大きなダメージを与え、それは食物連鎖の過程で次第に濃縮され、最終的に人類にも悪影響を及ぼす。水の汚染は、地下水、河川、湖沼、海洋を通じて広まり、隣国への影響は比較的大きい。このため、各国、各地域の責任で、生物そして人類のために、絶えず水の浄化に努める必要がある。また、枯渇も、こうしたリスクを十分認識していない人間の不用意な活動から起きる地球温暖化などに起因し、特に弱者と呼ばれる生物群に対し深刻な打撃を与えている。干ばつ対策も進めないとますます乾燥化・砂漠化が進み、生物非居住地域（アネクメネ）が拡大する恐れがある。このため、特に地球温暖化防止対策そして乾燥化防止対策に努める必要がある。ここには最大限の注意を払う必要が出てくることは間違いないと考えられる。

ほんとうに水は必須で、生物にとって最も大切な地球の財産の一つである。このため安定的に人類を含む生物に届けられるよう、常に考えていく必要がある。また、人類は水の供給を確保し本来あるべき自然を回復させることに全力を尽くし、私たちを支えてくれている生物たちを守る責任があると思う。第4章で記載したように、地球の秩序を根底から崩してしまうような不可逆状態に陥ってしまう臨界点に達するまで、今のままでは残されている時間は決して長くないと想定されるので、地球温暖化を抑え、水を守る活動を、一日も早く着実に実施する必要があるといえるだろう。このためにも、必要な教育や意識改革、そして政策転換が同様に求められると言えよう。

## 食糧を守るためには

次のテーマとして食糧に注目したい。耕作可能な地域に農作物の種を植えたり、家畜を飼育したり、また海や川などから大切な食料資源を授かることにおいて、自然をできる限り傷つけないように心掛ける必要がある。豊かな自然があってこその食の恵みであるから、この点は決して忘れてはならない。また、自然の摂理を無視した自然を蝕むような活動を防止すると共に、人類の人口も適正な範囲で推移させせないと食糧不足が生じ、状況によってはカオスな状況になりかねない。後者に関しては、これを防ぐために適正なバースコントロールも考慮する必要があると思う。食糧の供給量に見合う世界のあるべき姿について考えてみると、人口の増加、気候の温暖化に伴う食糧生産量減少、そして食糧供給量不足という厳しい現実があり、近い将来食糧問題が生じることが懸念される。これに対応するための手段として大量生産を目指し人工肥料を大量に使用することは、環境汚染という弊害を生むと同時に、人類にとっても化学有害物質の摂取という問題を引き起こす可能性があり危険である。この点に関しては、工場で安定的な生産ができる体制を整える方策の方が有効と期待されるが、今後需要にどこまで応えられるかについては現時点では未知数で、予断を許すものではない。また、地球温暖化による乾燥化等で不毛地帯の拡大が進むことも深刻である。少なくとも今言えることは、自然を守り、その中での自然の恵みを大切にしていくことである。また、他の生物たちを大切に捉え共存していく道を模索し、食料を大切な財産と定めて決して無駄にしないことであろう。さらに、地球全体で捉えた人口のバランスも考え、対応していく必要がある。このためには、食糧の供給に携わる人々の生活を守り、適切な食糧の確保もしっかりと計画していく必要があると思う。また、食物連鎖のバランスを保持し、生態系を安定化させることもとても大切である。さらに、弱者にあたる生物の保護をしっかりと考えていく必要があると思う。少なくとも現在、彼らの安全、安心を確保する人類の役割とその責任が、あらためて問われていると私は思う。

## 食糧を確保する上で、食物連鎖について学ぶべきこと

生物は、食物連鎖という関係性の中で生き、何とかその種を残そうとしている。全体的に見れば、この中で調整がなされているので、バランスは保たれている。一方、その頂点にいる人類には天敵という動物群はいないので、自分たちで考えてバランスを取ることが必要となる。人類にとっては生物が支えてくれているため生きていけるのであるから、この生態系全体を安全に保つことが、すなわち人類を守ることに繋がるのである。このため、人類は私たちを支えてくれている動植物と自然を守りながら、自らもバランスを大切にして子孫を残していくことが必要になる。難しいテーマではあるが、しっかり、かつ厳しく適正な人口について考え対応していく必要があると思う。

## 人口の爆発的増加を招かないためにできることとは何か？

食糧に関連して、人口についてあらためて考えていきたい。宗教的に避妊ができないという人々がいるかもしれないが、この地球という限られたスペースには、人類を支えてくれる生物たちが無尽蔵に生きている訳ではないので、適正な人口については考える必要がある。つまり食物連鎖を考慮し適正な人口を算出し、人類という種を安定的に繋いでいくことを考える必要があるということである。但し、まず大切なことは生物たちを守る（自然界でのバランスを保つ）ということである。何故なら我々人類は生物の支えを受けて初めて生きていけるからである。生物たちを守る中で人間も共存していけるように、私たちはそのバランスを保つことを真剣に考える時に来ているのではないだろうか？

## 私たちはいかにこの環境に守られているか考えてみたい

それでは、次に私たちはどうして生きていられるかについて考え、それを維持するには何が必要であるか考えてみたい。空気、水、太陽もほんとうに感謝の対象であるが、それと同様に、生物のおかげで私たちの生命は守られ、生存できているのである。例えば植物に守られ気候の変化に順応でき、また大気や大洋に守られ穏やかな環境の中で生きることができているのである。つまりこの地球という穏やかな環境は、生物たちが支えてくれているからこそ成り立ち、また食料という恩恵をも私たちは享受しているのである。このため私たち人類は、生物たちを自らの責任として守っていく使命があるのである。私たちはすべての生物たちに支えられてはじめて生きていられていることを、いつ何時も肝に銘じ決して忘れてはならない。まさに、私たちには生物たちを守る責任と義務があるのである。

## 生物を守る活動はどのように進めたらよいか？

本来、人類は自然の中で、生物たちが伸び伸びと生きられる生活空間を確保していく立場にあると思う。何故ならば、繰り返しになるが私たち人類は、生物のおかげで命を繋いでいけるからである。これまで人類は、自分たちの都合だけで地球環境を身勝手に変えてきてしまったように思う。もう一度、支えてくれている生物の生息域を考慮し、本来の環境に近い状態に戻していく必要がある。絶滅危惧種への対応がまずは優先されるが、様々な「生命」のことを意識しながら生きていくことが、私たちにとっての道理であるように思う。

## 私たちを守ってくれている環境が破滅するかもしれない

ここまで、空気、水、食糧について、それぞれのかかえている現在のリスクについて考えてみた。しかし同時に私たちがこれまで生活できていた地球空間には、例えば急激な気温上昇、乾燥・砂漠化、洪水による浸食、さらには汚染による生物の大量死が起こると、経済問題のようなどちらかというと可逆的な問題ではなく、不可逆的に環境が激変してしまうようなリスクが潜んでいるのである。言い換えれば、これまで当たり前のように思えていた日々の生活が、いつしか遠い過去の夢のようになり、取り戻すことができなくなってしまうかもしれないのである。これはさらに喩えると、ある時戦争が勃発し、突然目の前に死の恐怖が襲ってくるようなものなのかもしれない。現在、こうした変化はまだ急速ではないものの、着々と私たちの周囲に忍び寄っているのは事実なのである。おそらくそうした変化がある一線を越えてしまうと、転げ落ちるように変化は加速度的に進み、再び戻ることはできなくなるかもしれないのである。つまり前章でも記載したように、一つひとつこうしたリスクを早い段階で食い止める努力をせずに放置してしまうと、明日という明るい未来が、希望の持てない日々に変わり果ててしまう可能性が現実化してくるのである。だからこそ、「今」何とかみんなと一緒にこうした変化を食い止める動きを起こし、未来をこれまでのようにいつまでも輝かせたいのである。

## 環境破壊を防ぐ方法はどこにあるか?

環境破壊は、急激な破壊を招く因子と、じわりじわりと破壊を引き起こす因子とが絡みあって起きているように思う。前者は、戦争や紛争によるものである。このように地球や生物たちのことを何も考えない浅はかな行為は、人類として絶対に許してはならないと思う。そもそも私益、私欲などの理由からこのような短絡的な行動を取ることなど、また、人命や生物の命を考えない行動を取ることなど、私たちは決して許してはならない。現代では既に地球の大部分を崩壊させることを可能とする、または多大な生命を一瞬にして死滅させるとも言われる核兵器も、存在しているのである。実際、現在の核兵器は、原爆を落とされたヒロシマ、ナガサキとは比較にならないほどの破壊力を持っているのである。また、一度核戦争が始まってしまうと報復の応酬で、放射能の拡散は避けられず、人類を含めた生物は、死滅に向かった道を進むことになるだろう。良識を持った多くの人々が声を合わせ、このような浅はかな破壊行為を、そしてそのリスクとなるような核そのものを、この世から完全に排除する必要があると私は思う。一人ひとりが各国政府に働きかけ、核兵器禁止条約の波及を通じて、このような脅威なるものを排除する決定を導きたい。そしてそこには、世界が何らかの形で纏まるという構想も必要であると思う。後者は地球温暖化に代表される地球環境問題等である。これらについても同様に一人ひとりの心掛け、一人ひとりへの働きかけから着実に解決していかないと、将来の地球が危うくなってしまう。もちろんここでも世界が何らかの形で纏まるという枠組みが、その解決に向け必ず必要であると思う。

## こうした急激な変化を、何故食い止められなかったのか？

人類は狩猟生活からより生活の安定化を求め、農耕生活を選択してきた。そして少しでも便利な生活を目指し、数多くの発明を生み出し、生活の文化度を向上させてきた。この大きな転機となったのが産業革命であることは周知の事実である。しかし、その文化度の向上の歴史、方向が、結果的に人類は自分たちが求める所に、どこまでも進歩できると過信を与えてしまったようにも思える。そして同時に、自らの置かれた立場、つまり生物を守り一緒に生きていくのだという基本的な立場をどこかに置き忘れ、自然環境を思うままに変貌させてきてしまったのではないだろうか？　このような背景からこの流れは食い止められなかったのであろうと私は想像する。そこで、これらを改善するために、まず「今」、私たち人類は原点に立ち返る必要があるだろう。そして何故私たちがこの地球上で生き続けていられるのかを顧みて、これからどうすることで生物と共に一緒に生きていけるかについて、あらためて考えていく必要があるように思う。

別の視点から見ると、便利さが当たり前となり、さらにより便利で快適な生活を得られると疑いもなく楽観的に考えたために、この流れを食い止められなかったのであろう。むしろそのようなことを振り返ることさえ、ほとんどなかったのではないかとも思われる。昨今ではその過ちに対する警鐘が少しずつ着実に聞こえ始めているにも拘らず、そうした声に耳を塞ぎ、技術力をベースに経済優先で問題は何とか解決できると、楽観的に捉えられているのではないかとも思う。しかし地球上の生物の日々の生活を熟視すると、現状としてはあまりにも多くの生物たちが絶滅し、生態系のバランスは崩壊し始め、地球の状態は歪んできているのだ。今こそこの点を直視し、耳を研ぎ澄まし、根本的にこれまでの人類の生き方や考え方を、原点に立ち返って改め正すことが必要ではないだろうか？　再度繰り返すが、人類が何故生き続けていけるのだろうかという最も基本的な質問を各人が心に問いかけ、私たちの生き方の改善を図ることが急務ではないかと私は思う。

## どこまでこの危機が広がったら人類は気付けるのか?

これまでの歴史と現状を眺めて見ると、危機が現実のものとなってからでは手遅れではないかと思われるので、今こうして事前の対応策を提起しているのである。ただ、気温が上昇してこれまでの生活を続けることに耐えられなくなるか、食糧の生産量が減少し発展途上国から飢餓の事例がより頻繁に報告されてくるか、それに伴って難民[15]の高緯度方向への大移動が始まるか、その他様々なトラブルから国際連合に問題が提起されてくることが想定される。しかしそれからの対応ではどれも手遅れになりそうで、最終的に略奪や紛争などが頻発し、悲惨な状況になることは残念ながら避けられないだろう。だからこそ「今」、手を打つ必要があるのだ。人類を含めた地球上の大切な生命を守っていくために、どうしても「今」、こうした問題を未然に防ぐ対策が必要であると思う。「今」私たちに何ができるか、あらためて考えてみたい。

## 私たちのできることは何か?

まず私としては微力ながら人々に現状のリスクを周知させてもらい、地域や国レベルでの世論に何らかの変化の兆しを起こし、最終的には人々の日々の生活に対する意識改革、そして社会変革に繋げたいと願っている。もし一人ひとりが環境を守ることを少しずつでも意識して生活するようになれば、世の中は少しずつであっても着実に変わっていけると思う。しかし、手遅れの状況になってから気付いても、その動きを止めることはできない公算が極めて高い。まだ今であれば変えられると信じている。一日一日、私たちのこれまでの生き方を見直し、私たちの歩むべき正しい道に向かって着実に進んでいきたい。具体的には同じ志を持つ人々と共に、一人ひとりの意識改革から、地域を、国を、世界を、そして地球そのものを少しずつでも正しい方向に軌道修正していきたい。一人ひとりの幸せに繋がる道がどこにあるかをもっともっと掘り下げて考え、それを人々が見つけ意識できるようになれば、この動きはきっと作れると思う。

もしこうした動きを作ることができれば、自分たちが自らの力で、社会を、世界を、地球を、そして時代を変えていくのだという運動に、多くの人々が賛同じ参画してくれるのではないかと思う。それだけに初めが肝心である。「どう一人ひとりを幸せにしていくことができるのか」という部分を深く追求して、論理をしっかり組み立てていくことが、この第一歩を踏み出す鍵となるように思う。

衣食住といってもまずは食べるものを確保すること、自然の恵みを守ること、そして総人口をある一定レベルまでに維持することが大切である。ここには環境を守ることも含まれる。水や空気も同様に大切なので、汚染させてはいけないのは自明の理である。こうした状況をまず保つことができれば、経済的安定に対してもその基盤となるものが確保でき、安全で安心できる生活を守れる可能性が高まると思う。

このように環境が整うと、経済的な安定が次の課題となる。この環境を守る仕事に加え、人類の生活に役立つ各産業に従事することで、経済的な安定ももたらされると思うが、地域によっては思うような仕事に就けなかったりして、苦しい状況に陥る人々が存在することも想定される。こうした事態に対しては、各国政府のサポートが重要である。ただ、全世界の人々自身も、苦しい立場にいる人々を守る方策を考え、サポートしていく必要があると思う。こうした人々への相互の助け合いは極めて大切である。

経済的協力の次は究極の目標である、やはり世界をできる限り一つに、つまり平和にすることではないかと思う。それは、それぞれの国や地域の特色はあっても、お互いに協力し合い、より豊かな生活と環境の保全を一体となって目指していけるような形とすることである。少なくとも軍事対立のようなプラスにならないことはなくし、一人ひとりが自ら生きている目的を見失わず、着実に後の世代に向け、社会を、世界を良くしていくことであると思う。これは、私たちを支えてくれている生物や、みんなすべての利益を考えたアクションでもある。

## 各国はどう協力していけば良いか?

現在は、もう各国が自国だけの利益を求める時ではないと思われる。地球の明日がなくなるとしたら、国を優先するとか言っている場合ではない。例えば、宇宙から地球への侵入者がやって来れば、各国が協力して防衛するだろうと想定されるが、今は正にそのように協力が必要とされるタイミングに来ているのではないかと思われる。しかし、現状に目を向けると、各国は未だに自国の利益を中心に考え、協力や対立を続けている。ほんとうの意味でこの地球のことを心配し、現在の枠組みを見直し変えていこうとしている国は、残念ながらあまりないのが現状のように思う。今回、新型コロナウイルスがパンデミックとして世界を揺るがしているが、どれだけ世界の中で協力し合えたかは残念ながら疑問である。むしろ早期から協力できなかったことで、結果的に多くの尊い人命を失い甚大な経済的失速を招いたようにも思う。民族・宗教・利害などすべてを超えて、地球を守らなければならない時代は間違いなく迫ってきているのである。異常気象はその一つの警鐘である。一致団結して様々な課題に協力し対応していかないと、将来がほんとうに見えなくなってしまうと危惧している。このため、こうした状況を伝え、少しずつでも本格的な協調・協働路線への変革に繋げていきたいと切に願っている。

## ５．〈現状認識と今後の展望〉

地球の温暖化がこれ以上進めば、耕作できる地域はより高緯度方向に移らざるを得なくなり、さらに食糧危機が広がることはほぼ確実である。各国が協力し対応策を講じなければ、地球が危機に陥り、いつしか生命の消えた星になってしまうかもしれないのである。現在地球上の人口は年々増え続け、２０２３年５月３日時点で79億８４４０万９５００人、１分間に約１５６人、１日で約22万人、１年間で約８０００万人増えているとも言われている（世銀、国連、米国勢調査局等から推計[16]）。さらに最近になって２０６０年には１００億人を超えるとも言われてきた。現状のままでは世界の耕作面積を考えても食糧不足に見舞われることは免れない。世界の秩序を保つためにも、これ以上何の対策も講じないまま人口を増やしていく訳にはいかない。人口が減少している国や地域はともかく、現時点でも人々を十分に養える状況に必ずしもなっていない経済的に苦しい国や地域の人々には、避妊を含めた教育をしっかり行っていかないと、餓死させてしまう状況になりかねない。

　各国が協力し合って、民族や宗教の枠を超えて話し合っていく必要があると思う。異常気象などにより起こってしまった干ばつ、不作などによる飢饉などが起きてしまった国に対し各国が援助すると共に、このような異常気象そのものをできる限り起こさない防御策を講じるために、各国が協力し合うことが切に求められる。難民も救う必要があるが、難民を生み出している根本原因についても一つひとつ問題を解決していく必要がある。一人ひとりが自らの力を発揮し、幸せでいられるような社会に変革していきたい。こうした流れが、生物を守ることにも繋がると確信している。民族・宗教の違いはあっても、あらゆる対立は不要であると私は考える。それぞれの立場を尊重し、それぞれの自由を認め合う姿勢で良いではないかと思う。このようなことで争い事を起こす必要はない。お互いを理解し合うこと、大切に思うことが、まずは人類としてあるべき基本であり、最も大切なことであると思う。国交がなくてもはじめは相手を支援したり、文化、スポーツ交流することから一つひとつ始めていくことが大切であると思う。もちろん、ある国や地域に対する和平に反対する立場を表明している国もあるため一筋縄にはいかないが、少しずつでも協調の糸口を見出し、粘り強く対話していくことも重要である。そして、各国が協働し対応策を講じると共に、危機に対抗する技術開発を進め、地球を守ることが、「今」求められていると思う。食糧危機に対しても各国の協働を機能させる必要がある。やはり各国が頭を悩ませているような、または自国だけでは結論を導き出せないような大きな問題については、協力し合える国際連合を強化した世界代表者会議のような解決する場が必要であり、自国の利益を超えて世界を良くするという考え方のもとに集い、活動する必要があると思う。地球や将来の子孫・生物を守るためといった、もっと大きな視野から活動することを定着させるためにも、そのような場を作り、活動の認知度やステータスを高めるための努力が必要と思う。私も地道でも着実に訴え、問題解決に繋げていきたい。

**欧州の進め方も参考にできるかもしれない**

欧州は、欧州連合（ＥＵ）という中で各国間の経済的支援がなされているが、これが将来のあるべき世界の姿の原型のように思える。環境への強い関心、他国への配慮も着実に出来上がっている。具体的には、酸性雨対策、詳細な分別ごみの回収など、欧州では隣国と国境で接し陸地自体がつながっていることもあり、こうした問題に対し協力して対応していこうとする素地が出来上がっている。これは素晴らしいことであると思う。リサイクルした再生紙が割高となっても木の伐採の頻度を下げることを考慮し、これを積極的に購入しようとする運動が進められていたり、ナショナル・トラスト運動[17]が発祥したように自然保護に力が注がれている。さらに最近では脱炭素社会を目指す欧州グリーンディール政策も打ち立てられ、地球温暖化を率先して食い止めようとしている。またEUタクソノミー規則も定着してきている。こうした姿こそ、私たち人類のあるべき姿につながると思う。こうした正しい取り組みを世界に広め、みんなで一つになって問題を解決しようとする協力体制を、世界の手本となるものとして拡大し定着させていきたいと私は思う。こうした動きこそ今一番大切な人類の取るべき活動であると思う。欧州からでもその輪を少しずつ世界に広げ、世界を一つにできたら良いと思う。日本も含め各国は参画していくのが正しい道筋であると確信している。

## 世界の変革に向け世論を変えるにはどうしたらよいか?

環境へのアプローチに関しては、どんなに小さいと思われることでも、一つひとつ着実に進めることが明日を変える（創る）ことにつながると信じている。このような書籍として発信することもその一歩となれば幸いである。私としては、どんな時も熱意をもって大切な人を守るために同志と共に歩んでいきたい。

草の根運動も大切ではあるが、政治家などの指導者にもこの考え方を説き、味方になってもらうことも大切であると思う。また、様々な場面を通じて正しいことを訴え続けていくことも大切である。特にメディアで取り上げてもらうと、こうした波動の広まりに弾みがつく可能性も高まると思う。

次章では具体的な改善策の構築に向けて、考察を続けていきたい。

# 6．〈今後への構想〉

## 理想の世界に向け、どう立て直したら良いのだろうか？
## 私たちが目指す安全に生活していける環境とは？

人類はこれまで素晴らしかった地球環境を、結果的に非常に危険な状況にまで変化させてきてしまったように見える。自然は様々なところで傷つけられ、その治癒能力でも支えきれない、ぎりぎりのところまで来てしまっているようにも思われる。このため、安全に生活していける環境とは、現時点でいえば作り出すものではなく、本来の姿にできる限り近づけることのように思う。地球を存続させる、言い換えれば地球を生命で満ち溢れた素晴らしい星として存続・維持させるためには、人為活動が及ぼす地球への影響を最小限度に留めるとともに、可能な限り本来の自然の姿に近づける努力を人類は行う必要があると思う。これが、この星を救うために私たちがまさにこれから取り組む課題ではないだろうか？

## 環境を変える意味は何であるか？

この環境を変えるという意味、すなわちその目的は、本来の美しい地球に可能な限り近づけることであり、多くの生物たちの命を可能な限り守ることである。これが同時に私たち人類にとっても、命を守ることにつながるのである。何度も言及したが、私たちは生物たちのおかげでこの星で生きていけるのである。だからこそ、この生物たちを守ることが根本的に必要なのである。いつも感謝の気持ちを持ち、この星の環境を生物たちのためにも浄化し、本来の美しい地球に近づけていく必要があると思う。

## 生涯をかけ世代を超えて地球を守り抜くことの意味は？

生涯をかけてさらに世代を超えて地球を守り抜くことの意味は、動物としての人間の生命をつないでいくこと、および人類を含む生物を守る人間としての責任を全うすることであると私は思う。特に後者は、この地球を素晴らしい星に可能な限り近づけ、より良い方向に進化させながら、それぞれの世代が幸せでより良い歴史を築いていけるような基盤を作ることであると思う。私はみんなすべてが幸せで、この地球で精一杯生を享受してほしいと願っている。たとえ自分たちがそれぞれわずかな時間しか存在できなくても、次世代がこの星で元気に歴史を作っていってくれれば、私たちの命や心は繋がっていくと思う。そうした未来の世代に対しても私も微力ながら貢献したい。皆さんも同じ気持ちを持っている、または持てるのではないかと思う。

## どのような社会が望ましい形であるのか？

今地球は、残念ながら人間が生み出してしまったこれまでにないような脅威に直面している。社会が世界が一丸となってこの状況を食い止めようと纏まって対応する以外に、希望が持てる道は残されていないといっても過言ではない。望ましい形とは、国と国、国と地域、地域と地域、という枠を超え、世界が一つにまとまることであると私は思う。具体的には国際社会が一つの国のようになり、地球が抱える様々な課題に対し協力して対処する形が出来ている状態である。これまでの状況において貧しい国や地域には支援がなされ、先進国では地球改善のための技術が開発され、人々がまた生物たちがその恩恵を受けている状況であると思う。ここには、紛争や戦争もなく、協調と平和があるだけである。

まずはその形を実現させるために、今、どうしていく必要があるのかという命題が人々一人ひとりに伝わり、理解され、国や地域が一致団結して、当面の諸問題の解決に向け力を合わせている状況を作り出すことが必要だと思う。こうした流れを速やかに創り出したい。

## あるべき形とは何なのかあらためて考えてみたい

まず無益な戦争、紛争を、どの国であろうと、どの地域であろうと阻止する必要がある。そして今回の新型コロナウイルスのような感染症への予防対応など、地球を守る様々なアクションを国際連合のような場（世界国家）で話し合い、施策を決定し、対応を協働して実施していくことである。また、こうしたアクションに関しては、各国とも第一優先で進めることを誓約することも大切であると思う。その上で、次に各国が各国民のことを考えた独自の施策をそれぞれの地域で実施するという形である。これが世界が一つであり、各国の施策はそれぞれの地域に任されるという望ましいあるべき形であると私は思う。国が独立して存在することを決して否定する訳ではないが、少なくとも各国が助け合っている形が必要であると私は思う。自らの国民だけの利益を優先するような近視眼的な見方ではなく、世界の利益が結局のところ、国民すべての利益に繋がるのだという大局的な見方ができる人がトップに立ち、各国がお互いの国を認め合う状況になっていることが重要であると思う。こうして協力して共に生き続けることこそが、人類、生物にとってほんとうに最善の道であり、それこそが私たちの将来をバラ色にしていく道ではないかと思う。これはまさにハワイ語の〝ｐｏｎｏ〟（地球上のすべてのことが本来あるべき正しい状態のこと。物事が、自然環境が、人間関係が、精神状態が、健康状態が、ちょうどいいバランスの、調和のとれた状態であること）[18]の世界観である。私を含め多くの人々がハワイを楽園としてこよなく愛するその背景には、この〝ｐｏｎ o〟という精神がハワイの人々の中に根付いているからかもしれない。

理想に過ぎないと言われるかもしれないが、この形に近づけていかないと、第4章で示したような暗黒の未来を迎えることが避けられないので、何としてもこの形の実現を目指したい。

## まず国はどうサポートしていくのが良いか?

私の考えは極端かもしれないが、世界が纏まり、みんなで地球を守っていく形を取り、国はそれぞれの地方、地域としての役割を果たせるような形が良いのではないかと思っている。つまり、世界の中心は世界国家で、国は地方自治体と位置付けたいと考えている。世界国家は地球の明日を考えた施策を行い、国は地域の明日を考えた施策を練るのが良いのではないかと思う。ここにおいて世界中はどこでも主権在民の精神を基に、人々の差別もなく、生物の立場も守られている状態である。もちろん国による政治体制の違いはあっても、すべてが一体となって明日に向かって生き、そしてより良い生活を求めて一緒に励む。そのような世界にしていきたいと願っている。現在、世界の政治に関する考え方はまちまちでどの形が良いとは言い切れない。また、世界各地に様々な対立があり、何事も一筋縄にはいかないことも重々承知している。しかし、地球という大きな惑星の生命を考える時、このような対立に拘っていて良いのだろうか？　地球が宇宙から攻撃を受けたらおそらくそのような対立など自然に消え去り、協力して立ち向かうのではないだろうか？　今、地球は宇宙でなく内部からの攻撃を生み出し、自己破滅の道に向かい兼ねない危機にあることを考えれば、そのような対立などは気にしてはいられないと私は思う。

これからのことを考えると、もちろん一人ひとりが志を持って立ち上がることが基本ではあるが、一人ひとりでは何かを成すには力不足ということもあるので、波動を起こして一緒にこうした変化を生み出していきたい。前述した私の考え（あくまで一つのアイデアである）では、国としても世界で決定した正しい施策をサポートし推し進めていく役割を担っていく必要がある。さらに各国同士がお互いに協調する関係を推し進めていけば、最終的には実質的に世界を一つにできるのではないかと期待したい。具体的には、各国は代議員をこれまでの国際連合のような世界代表者会議に送り、戦争・紛争を全て禁止することである。そして世界代表者会議の場で国際協調しながら何を行う必要があるか協議し、決定していくことが重要であるが、この考え方は前述した通りである。ただ、国際連合といってもこれまでのような位置付けではなく、拒否権もなく参加国の多数決ですべてが決まり、さらに踏み込んだ絶対的な権限や決定力を有する決定機関であることが望ましく、そうした政治を実施する、中立行政機関である世界中央政府も設立する必要があるように思う。また国としては、国内で地球を守る活動に全力を傾注して、それぞれの地域を保護し元気にしていくことが求められると思う。また、このような地域活性化を推し進める産業が安定的に成り立つように後押しを行い、同時にそのような教育を幅広い世代に向け推進していくことも重要であると思う。その根底には、幸せな社会を創っていくという目的があり、その責任を果たすという明確なビジョンがある。同時に、そうした国の施策を実行するメンバーを国民がしっかり選んでいくという、国民としての責任も果たしていく必要があると思う。一人ひとりに伝え、理解され、一人ひとりがそうした国の一員となり、みんなで盛り立て支えていくことが望ましいことは言うまでもない。私としてはこのような協力体制をどのような形になったとしても、実現していきたいと願っている。

## 私たちにとって望ましい世界とはどのような形か？

今地球は、温暖化など環境的に厳しい状況に向かっている。ここで、これまでの間違ってきてしまったと言わざるを得ない歩んできた方向を、私たちにとって望ましいと思われる状況に変えていくための方向転換を図り進めないと、ほんとうに明るい未来が消え去り兼ねない。ここでいう方向転換とは、地球環境を本来の姿にできる限り近づけることを意味している。また同時に、世界の、そして国のこれからの進むべき道について、適切な方向に改めることも意図している。つまり、現在のような利権を主張し合う国や地域ではなく、世界が纏まり、国や地域がその世界中央政府の考え方に沿って各政策を実施し、世界平和を実現できる形に変えていくことであると私は思う。ここでは環境問題、人口問題、食糧問題、エネルギー問題、パンデミック感染症予防対策なども重要テーマとして精力的に取り組まれ、また戦争のような非生産的な「悪」は禁止されている。また、国として求められる道筋は、世界中央政府の指針の下に、国際協力と国内政治の進め方の大枠を定め、これまでの流れを根本的に一新することである。前述したように、今の地球の状況を冷静に見極めた適切と思われる活動に転換していかないと、明るい明日は決して見えてこない。このため「今」私たちには、望ましいと思われる方向を訴え、少しずつでもその考え方を定着させ、世界を変えていくことを実現することが求められているのではないだろうか？　たとえここまで世界で纏まることができなくても、世界が一つになって人々や生物や地球そのものを、守れる形にしていく必要があるのではないだろうか？　私としては、一日も早くそのような形に変革させていきたい。

## その中で私たちはどのように動いていく必要があるか？

私たちは「今」、現実に起こっている天変地異に目を向け、将来の地球をどのように変えていったら良いかについて真剣に考えていく必要があるだろう。きちんと分析すれば、「今」私たちは何を優先するのが良いかは明白のように思う。また、産業革命以降、人類の目指してきた生き方を冷静に見直せば、私たちが今どうしていくのが良いかも少しずつ見えてくると思う。

まず私としては人々に現在の地球の抱えているリスクを伝え、リスク回避に向けた世論を高め、国をそして世界をこのリスクの先にある悲惨な状態から守りたい。それは、現在の環境悪化に手を入れ、歯止めをかけたいからである。正直なところ地球温暖化などの進行に目を向けると、時間的な猶予はほとんどない。地球の運命は、いかに効率的に人々の意識を変革し、いち早くアクションを取るかにかかっているように思う。今地球上に生きている人々の手で現状を改善し、生物たちや将来の子孫のためにも、明日に明るい光を届けられるようにしていきたい。具体的には、今起こっている問題を収集し、整理し、その解決に向け優先順位を付けてアクションを取っていくことだ。取り返しがつかなくなる前に、手を打ちたい。政治家の中に同じ志を持つ人を見つけることも大切となる。一つひとつの問題に対し正しい道筋を立て、動き出すことが大切である。少しでも劇的な変化を遅らせ、食い止め、また着実にこの変化の転換に焦点を当て、動かしていきたい。一人ひとりが大切であるが、一人では発信はできても、みんなで動いていかなければ変化は起こせない。このため私も同志と共に、一緒に問題に立ち向かっていきたい。そしてその動きを国の動きとし、世界の動きとしていきたい。

## 主体的に正しいことを発言していく必要がある

前述したように、現状のままでは残念ながら現在の地球は着実に危機に近づいている。ある一日にたとえ何かが起こらなくても、一日一日と積み重ねていくうちに、その危機に結果的に近づいている。このため、地球温暖化などこれまで第2章および第4章で示してきた様々な危機に対し、世界の枠組みを整え直し、一つひとつ正していくアクションを取る必要があることを、声を大にして言いたい。そしてしっかり今あるべき姿について纏め、人々に分かりやすく伝え、一緒に正しい方向に動き出していきたいと思う。ほんとうに地球の将来に向けて、人類を含むすべての生物たちがいつも幸せであってほしいので、まずは現状を正しく把握し、正しい道筋を考え、分かりやすく伝えていくことが大切であると思う。当然のことであるが自らの利ではなく、地球自体、地球上すべての生物のために、そしてこれからの世代のために、伝えていきたい。そして正しい動きを創り出し、正しい方向に舵を向けていきたい。

## アプローチに間違いはないか、もう少し考えてみたい

『インフェルノ』という小説は、人口爆発が起きると地球に明るい将来がないことを、物語を通じて社会に訴えている。これも関心を与える一つのアプローチの方法であると思う。但し、このようなインプットを与えそのリスクを読者に伝えても、その後のフォローがないと人々はあっという間に忘れ去ってしまうようにも思う。それは興味をそそる話でなく、忘れたいようなテーマであるからかもしれないが、ここは大切なポイントである。どのように正しい方向に向けた流れを定着させ、実際のアクションに結び付けるかについては、悲壮感を与えるのではなく、希望や解決への期待感を伝えるものでなければいけないように思う。

## それではどのように人々に理解していただくか？

既にアクションを起こしている人々は大勢いるものの、大多数の人に対しては、まずは現状とそのリスクを正確に伝えると共に、やはり一緒にどのような解決策があるかについても示すことが必要であろう。先に記した構想を実現させるためには、関心や希望を抱いてもらえるようにすると同時に、方向性を分かりやすく示す必要がある。そして一人ひとりが貢献したいという共感を醸成できれば、市民運動という形を呼び起こせるかもしれない。ただ貢献といっても目に見える形にしていかないと、漠然としていてはやる気に結び付き難いとも思う。請願という形の署名を集め国に要望書を提出し、そのフィードバックを見えるように工夫するとか、世界貢献のための活動を準備し一人ひとりの名前（署名）を伝えていくとか、併せて募金を集めるとか、いずれにしてもみんなが一体となった形のアクションに繋げることが当面の目標になると思う。そのようにすれば、人々が自由で主体的に情報交換を行い、それによってその輪をさらに広げられる可能性も生まれてくると思う。このような形を目指し、全員で目標を達成していきたい。また、反対する人々へのアプローチについてもさらに考えていきたい。

## 地球を守ることに反対する人はほんとうにいるのか?

積極的に地球を守ることに反対する人がほんとうにいるかと尋ねると、それ自体は疑わしい。そうではなく、まずは自らの利益を考え、地球を守ることに協力しない、または反対するという立場を取るのではないかと思われる。他人のことに関して一言で言えば無関心という立場を取っているので、絶対的に悪いとまでは言えず、積極的には抗弁できない。しかし事実でないとか、確証できないとか批判し、人々に混乱を与えるような反対の土壌を作ることは放置できない。もちろんこれまで論述してきたように、こうした話題に取り上げるまでもなく、これまでの対立や利害のために戦争や紛争を引き起こす人々も許せない。いずれにしてもいかに問題点をクリアにし、具体的な対策を示し、反対する人々の非建設的な議論を挟む余地を取り除く努力を行うことも必要であると思う。正しいことを説き、地球を救うために決して失敗しないように周到な準備や努力をする必要があると言えよう。今一度ここで何故反対するのかと想像するに、規制などを作られると個人の利益が縮小するとか経済全体の成長が鈍るというのが、その背景にある主な理由であるように思われる。しかし個人の利益など、一度世界に大飢饉や大災害や大戦争が起きればそれどころではなく、人々の心は生きていられることに満足するような世界観に一変するのではないかと思われる。今ここで私たちが地球を救っていく方向に動いていかないと、人類を含めた生物が生存することすら難しい状況になる可能性は決して低くはないのだ。ここをすべての人々にしっかりと伝え、今対処しようという活動を盛り上げ、自らのまわりから同志と共に、国をそして世界をそのような変革の輪に導き入れていきたい。

## 原点に立ち返ってどうする必要があるか考えてみたい

まず、現代の生活がいかに将来へ向けて多くのリスクを包含しているかについて明確にしたい。そしてみんなでこのリスクを一掃し、この世代の友と共に時代の変革を達成したという歴史として後世に残していきたい。その実現に向けては、現在の一人ひとりだけの利益ではなく、現在そして将来も含めた世代

（人類を含む生物）の利益に向け、アクションを取ることであると思う。まずはこの考え方への理解者を少しずつでも増やし、その考え方を着実に定着させていきたい。そして国、世界にその考えを広げることを目指していきたい。〝大切な人を守るために私たちの力で地球の歴史を変えていこう〟というスローガンでこの活動を進めていきたい。とにかく理想の世界に近づけていくために、今私たちはまず、行えることから一歩一歩始めていくことであると思う。

次章である最終章では、これまで述べてきた背景を基にして、今からやるべきことを可能な限り具体的に示していきたい。

# 7．〈変革への道：第一歩〉

## 何から始めるか？　みんなの力で明日の地球を立て直そう！

### 1）今やるべきことは何なのか？

今やるべきことは、大切な人を守るため、大切な命を守るため、そして地球を本来の安心できる環境にできる限り近づけるため、現状のリスクを一人ひとりに伝え、理解を得て、みんなと一体となって、少しずつ社会を変革し、国を動かし、世界を動かすこの活動に、様々な形で関わることであろう。具体的には、この地球を安全で安心できる美しい星に近づけることである。そのためには、顕在化している現在の様々な問題の一つひとつを取り除いていく必要があり、それを人々との合意を取り進めていくことである。みんなで発信していくことがきっかけとなり、人々に世界的な協力思想の土台や輪ができれば、一つひとつのアクションが可能となる。但し、人々の生活を安定化させていく活動も一方でとても大切で、前述のアクションと並行して行う必要がある。特に人々の生活を安定させる手法を考えるにあたっては、まず戦争や紛争を取り除くこと、そして生活困窮者を救っていくことから始める必要があると思う。また、近年の様々な異常気象を、本来の自然の状態にできるだけ近づける必要がある。そのために必要なことは、前述したように何が今の地球に求められているかを人々に正しく伝え、これまでの対立を超えて世界を一つに纏めることではないだろうか？　さらに、人々や生物を守る人道的な、これまであまり顕在化していない人々の心を呼び起こし、育てていくことも大切であると思う。これは、弱者の立場に追い込まれてしまっている人々や生物の立場を理解し守ることが、結局のところ大切な人を守ることに繋がり、またそのような心を優先できる人が、これからの地球に必ず必要だからでもある。

一方で、難民や生活苦にある人々のありのままの状況を世界の人々に知らせることもとても大切である。いかに普段の生活が幸せであり、また同じ人間としてサポートできることの大切さや素晴らしさも、みんなと共に実感していきたい。また苦しんでいる生物たちのことも伝え、現在の厳しい状況を分かってもらいたい。さらにどのように守っていこうかと少しずつでも世論を動かすことも大切であると思う。このような一つひとつの正しい行いが、実現しようとする人々の共闘心や同じ心意気を持つ人々の一体感を育てるとも思う。

こうしたアクションを進めていく中で、とても大切なのは教育である。大学や高校からのインプットも大切であるが、初等教育のプログラムに組み込んで教えてもらうことも大切である。様々な機会を通じて、これから世界はどう変わっていくことが必要かを、しっかり子どもたちの心にインプットし伝えていくことは特に重要であると思う。ここで伝えたい助け合いの心を、人間としての常識としてより強固に定着させていきたい。これは人々に本来備わっている心を呼び起こす作業であるともいえると思う。

## 人々の理解を目指すアプローチはどのように進めるか？

人々に理解してもらうアプローチとしては、まずは、前述した子どもたちへの教育ではないかと思う。そこから将来の生き方に繋げてもらいたいし、また親たちをも巻き込んで、多くの人々にその目を開いていただきたい。また、環境・地球改善を産業としても成り立たせられるように、世界の同志を募って考え、各国の政府に働きかけていくことも大切であると思う。その中から優良企業が生まれてくれれば、より関心も高まると思う。また、シンクタンク（研究所）とも連携して、今後のより良い世界・地球の実現を目指す戦略も考えていく必要があるだろう。

## 大切な人を守ることとリスクを取り除くこととの関係

人々や生物の生命を脅かすと考えられる前述してきた現在のリスクが、大切な人の生存に大きく関与するのだという証拠をはっきり示すことが、とても大切になる。世代を超えると、漠然と言ってしまうと、他人事のように捉えられてしまうかもしれない。この点に関しては、教育と結びつけないと説明がなかなか難しい。第４章で記載したような現在のリスクを取り除いていくことが、環境の改善、食料の安定供給、災害の防止、経済の安定等に繋がり、いつの世でも最終的に大切な人を守ることに結びつくので、みんなで着実に実行できるように働きかけていきたい。

## リスクが引き起こす結果をどのように伝えていくか?

地球温暖化の問題については、気温や海水温が平均的に何度上昇し、それによりどのような問題が起こるかを、具体的にシミュレートして示すことが必要であろう。特に加速度的な変化が、その予測のどの段階から起きてくるかのシミュレーションはとても大切である。また、農作物等の食糧供給量と今後の人口との問題については、温暖化の影響も併せて検討する必要がある。さらに、砂漠化（乾燥化）による生物生活圏の縮小という問題についても、温暖化の影響を併せて考察する必要がある。加えて、環境汚染による動植物や人類への影響、森林の伐採による温暖化の加速、および自然災害の増加などについても着実に検討する必要があると思われる。こうした様々な影響について、これまでの様々な研究成果を反映させ、シンプルにまとめて分かりやすく人々に示していくことも大切であると思う。

## リスクを認知して、どう行動に転換していくべきか？

代表的なリスクに関しては言及してきた通りであるので、これをどう行動に結びつけるかが次の課題となる。学会や国会議員や教育機関やメディア等への働きかけがまずは思い浮かぶが、もしかしたらＮＰＯを立ち上げるのが良いのかもしれない。同志を募り、地道に活動を進めていくことも大切であると思う。ただ、どうしても大きな流れをできるだけ速やかに作り出していきたい。そのためには、この活動がビジネスや国際協力の枠組みに組み込めないと難しいかもしれない。現代はさらにソーシャルネットワーキングサービスというツールもあるので、この流れに乗せて同志を集め、ワーキンググループを作ることもできるかもしれない。特に若者や学生に訴えるチャンスは大いにあるだろう。しかし、これをしっかりとした社会の流れとして定着させていく必要がある。政策にしていくには、それ以外のいたるところでも認知されるためのアクションが必要になるだろう。様々な手段で訴え、とにかく大切な人を守るための共感の輪を醸成させる必要がある。もちろんここにおいて、教育がそのベースとなるということは言うまでもない。

## 2）世界を、地球を守ることはどこからスタートするか？

大切な人を守るために、そして大切な命を守るために、この世界をこの地球を美しく素晴らしい本来の形に近づけていきたい。生活レベルが向上し日々の生活が便利になることはとても良いことではあるが、それによってもっと大切な命またはもっと大切な心を失ってしまっては何にもならず、本末転倒である。まずは、自然の声、心の声に耳を澄ませて何が大切なのか考えてほしい！

私としては楽な生活ではなく、愛に溢れた豊かで楽しい生活を目指したいと思う。そしてそこには生物たちとの共存も必須であることから、共にあるべき姿を描き、それを実現していくことが大切であると思う。人類はその生物たちがどうありたいかまで考え、推し量って、生態系を守っていく責任を背負っているのではないかと私は思う。ほんとうに理想的な世界である地球の実現に向け、みんなと共に歩んでいきたい。そのためには、いかにそうしたアクションが重要なのかを、一人ひとりに理解してもらうことがまずはそのＫｅｙとなる。どうしても身近な生活に目が向かいがちになることから、どうしたらこのような考え方ができるようになるのかについて考え、対応していく必要がある。少なくとも現在の生活にゆとりが持てるようになることが、私たちにとって気付いていない可能性が高い、その他の最も大切なことにも心が向けられる第一歩のように思える。このため、豊かな生活を実現できる社会のあるべき仕組みについても、併せて考えていく必要があると思う。

## それにはまず自ら働きかけていかなければならない

まず、私たちがこの地球の運命を決めているのだという自覚を、可能な限り一人ひとりに持っていただきたい。一人ひとりの力で、この地球のこれからの運命が決まるということを理解していただきたい。国会議員や対応できる人に任しているから自分には関係ない、というような無関心さが問題であることも伝えていく必要があるように思う。国会議員も目先の数多くの問題に振り回されているケースが多いのも事実で、またこのような問題に対し自発的に動いてくれている人々も必ずしも多いとは言えない。このため、任すだけではなく、一人ひとりが目的意識を高め、様々な機会を通じて発言していくという役割を担う必要があるのではないかと私は思う。一人ひとりがこの地球を変えていく責任を持っているのだと自覚すれば、地球が良くなる方向に変えていける可能性が格段に高まるのではないだろうか？　何としても多くの人々に現状のリスクを伝え、理解してもらい、たとえ様々な問題が存在していても、こうした問題意識を一人ひとりに持っていただきたい。一緒に考えていこう、素晴らしい地球、素晴らしい世界を、私たちのこの手で取り戻すことを実現させるために！

## 世界を地球を守るために働きかけていくこととは何か？

前述したが、それは私たちが「今」、私たち自身がこの地球をこの世界を守る運命を担っていることを、人々に気付いてもらう必要があるということである。誰かではなく、私たち一人ひとりの行動が大切なので、その行動に焦点が注がれる必要があるのである。このために私としては仲間を集い、平和と安全を目指し動き始めること、そのための第一歩を踏み出すことが大切であると考えている。それは地球や世界が今まさに危機に瀕しようとしていて、この先に不安な日々が明らかに見えているからである。一つひとつの小さな運動を通して私たちの未来を正しい方向に変えていくことの素晴らしさを、人々と実感し合いながら、より良い明日を目指し変えていきたいと思う。

一方、一人ひとりを動かすために、伝えていく必要のあることを的確に摑む必要がある。大切な人を守る愛から始まるが、どうしてリスクがあるのか、何故今のままではいけないのか、このままではどうなってしまうのかなどを、誰にでも容易に理解できる事実として示していく必要がある。第4章に記載した内容をもう少し分かりやすく示していく必要があるかもしれない。また、お金だけでは解決できないことも伝えていく必要がある。ただ絶望させたり、大丈夫だと他人事のように思わせてしまうのではなく、まさに一人ひとりの身に降りかかることである事実を真剣に正しく伝えていく必要がある。

もし一人ひとりが他の人々や生物のことを考えて生きることができ、自然を再生させ、社会環境を改善させ、その上でみんなすべてのためになる新しい製品や技術を開発し、サービスを展開していくことができたら、どれほど地球は明るくなるであろうか。努力している中で競争はあっても、みんなのために頑張るのだから、間違いなくプラスに働くと思われる。そのような社会に近づけていくために、私も微力ながら貢献したい。

現代多くの人々は仕事も学業も忙しく時間に追われ、あるいは進歩を遂げてきた電子媒体に付随した利便性に結果的に振り回され、じっくりと考える時間もないうちに一日が過ぎ、あっという間に年を重ねてしまっているのではないかと危惧する。これはまさに自分のことでもあるからそのように思うのである。ほんとうは一日一日大切な人々や生物および自然と触れ合いながら、もっともっと落ち着いて有意義なことを考えて生きる必要があるのに。とても単純なことのようだが、このような貴重な時間をもっともっと大切にして、私たちは今何をするべきなのかをじっくりと腰を据えて考える必要があると思う。

人生において生きている目的は何なのかという命題をいつも心に抱いていな

いと、この地球に生を受けた意味は分からないかもしれない。ただ子孫を繋いで進化をもたらしていくためだけではなく、我々の生きる意味は、この地球を素晴らしい星として保ち、またはより素晴らしい星に変え、そしてその中で人々や生物たちの役に立ちながら、幸せに生きていくことではないだろうか？その考え方を前提として、自分に何ができるかを考え、そして何を実行するかが大切であるように思う。私は両親から自然を大切にして生きる素晴らしさを教わった。この精神を受け継いで、私としては人々、そして生物たちの生活環境を少しずつでも改善し、みんなすべてのためにどのような形ででも役立ちたい。

## 愛情が社会を変えていく原動力になるのではないか？

まさにこうした愛のある行為そのものが、大切な人を守るため、大切な命を守るために考えられる行為であることから、社会をより良い方向に変えていくことに繋がることは間違いないと思う。一人ひとりを守り、そして協力し合ってこの地球、生物たちを守ろうとするのだから、社会もより良い形に導いていけるのではないかと思われる。思いやりを持ちながら人々が支え励まし合う土壌を醸成すると共に、音楽や自然との触れ合いなどを介して心を和ませることも、一人ひとりが心のゆとりを持つ上でとても大切であり、幸せに結びつくように思う。

## 世界を、地球を守る愛の気持ちが社会をも変えていく

大切な人を守るという行為そのものが、究極的に世界を、地球を守ることにつながると思う。また、そうした気持ちをいつも心に持ち続けることが、世界をそして地球を正しい方向に導いていく。大切な人を守る思いでみんなすべてを守ることを考えられれば、すべては正しく望ましい方向に向かうと確信している。この方向を示すことも大切なことであると思うので、私はこのことを敢えて記していきたい。

現代では、大切な人を守ることと、お金を稼いで家族を養うこととは同義になっているように思う。他人はさておき、自らが稼げて家族を守れれば良いと、

物事の見方が少し近視眼的になっているのではないかと危惧する。そして、そうした結果が富裕と貧困のグループを作り、その格差を広げ、各国の勢力差を作り出し、ごくわずかな人々の思惑によって世界が振り回されているようにさえ見える。そして世界、また地球では、各種の環境問題が引き起こされ、将来が見えなくなりつつあるのが実情ではないだろうか？　もっと大きな心、愛、思いやりでこの星、地球を守ることを真剣に考えていく必要があるのではないだろうか？

私は人が幸せと思えるのは、心と心が触れ合い、気持ちを分かち合えた時、美しいものに出会った時、何かを達成した時、心の拠り所に触れ合った時のように思うが、すべて心がときめき、感動した時であると思う。言い換えれば、幸せとはものを得ることではなく、心が何かに満足感や充実感を感じた時なのではないだろうか？　もしこの考え方が正しければ、心を磨き、感受性を高め、正しい価値観を持つことが、幸せに繋がる第一歩になると言えるように思う。これまでの少しずつ間違ってきてしまった歴史を真摯に振り返り、私たちが大切にしたいものに焦点を当て直し、それを大切にしていくことがこれからの世界に必要ではないだろうか？

## みんなすべてのことを考える生き方が大切な人を守る

地球はみんなすべての生物が一緒に生活していて、何一つ無駄はなく、全体としてバランスが保たれ成り立っている。このため、みんなすべての幸せを考えてアクションを取ることが、すなわち大切な人を守ることに繋がるといえると思う。一人ひとり、命一つひとつを大切に考えて行う活動が、結局のところこの地球を守り、この世界を守り、そして大切な人を守る。自らだけの利益、大切な人だけの利益、人間だけの利益というような考え方は、この世の中全体を考えると方向が外れていると言えよう。これこそ世界を、地球を、やがて破滅の道に導く可能性のある、取り除いていく必要のある考え方ではないかと思う。今こそ、臨界点に近づきつつある今こそ、人々にそのことをあらためて理解してもらい、これまでの行動を一緒に転換していきたい。そのような視点に立って、社会を、世界を、そして地球を蘇らせ、守っていくことが、私たちに

「今」、求められていると思う。

大切な人を守るためにはこの地球が健全である必要があるし、また地球、みんなすべてを守っていくことが、大切な人を守っていくことに繋がる。つまりここには同一性があり、それぞれが独立する事象ではないのである。この大切な点に多くの人々はまだあまり気付いていない可能性が高いように思われる。だからこそきちんと伝えていきたいと思う。

みんなすべてを幸せにするアクションにおいては、まずは環境を守ることである。公害や戦争など一握りの人間の身勝手で、人類を含む多くの生命を危機に陥れることは絶対に許されることではない。また地球温暖化を進行させれば、生態系のバランスが崩れ、生態系は極めて脆弱になる。このようなことが進めば、人類も結果的に多くの危機に見舞われる。このため、一つひとつの行動に関し、しっかりとそのリスクに対する防御策を考え、一丸となって対応していく必要がある。

人類は生態系の食物連鎖の頂点に位置し、多くの生物に生命を支えてもらっている。このため、地球上の生物すべてのことを守っていくことは至極当たり前のことであるが、同時にそうした気持ちこそが結局のところ大切な人をも守ることに繋がるのであると思う。それは、精神的な面でみんなすべてを大切に思う考え方がほんとうに正しい道を選択することに繋がり、身勝手な過ちを犯さないことに繋がると思うからである。常に、みんなすべてを思いやる心を大切にしていくことが、これから人類が取るべき間違いのない進むべき道であると私は思う。この思いやりの心もハワイ語の〝ｍａｌａｍａ〟という精神に繋がるものであり、定着させていきたい。

みんなすべてを守ろうとする優しい心、感謝の気持ち、思いやりが結局、大切な人も守る生き方に繋がる。生物との関係、人々との関係で築いた心の優しさ、尊さ、素晴らしさは不変であり、明るい未来を創る礎となる。これから文化が進歩し今まで以上に便利になったとしても、こうした心をしっかりと保持していければ間違った方向には決して進まないと私は思う。

人類を支えてくれている生物や自然を守り、一緒に仲良く共存していく中ではじめて、明るい将来の地球の姿も描け、大切な人の将来も見えてくるのではないだろうか？　これまでは残念ながら私を含め人々にその理解が十分行き届いていていなかったように思う。このため、この点をしっかり伝えたいと思うと同時に、みんなと共に生活を一から見直していきたい。

まとめると、一つひとつの命を大切にしていくことが、この地球上の生態系の安定化に繋がり、人類、そして大切な人の永続的な生存に帰するのである。ほんとうに大切な人を守りたいのであれば、人類、そして生物、そして地球を大切にすることだ。これ以外に道はない。また同時に、みんなすべての幸せを考える生き方は、まさにこの地球を、世界を、維持していく基本的な生き方であり、それは今起きているような様々な問題を解決することに結びつくと思う。そしてそれこそが、自らの影響力だけでなく、その周りにある環境からも大切な人を守ることに繋がるのであると思う。そしてそうした愛が、みんなすべての生物、そして大切な人をも救うのである。どう具体的に実現していくかについて、さらに考えていきたい。

## 世界を一つの国のように考えた行動が地球に求められる

自国や民族の利益を優先し追求してきた歴史が、侵略や戦争・紛争に繋がり、結果的に世界の人々を、そして生物たちや地球全体を傷つけてしまったと言えるだろう。現在に至っても、まだ自国の発展や国益にだけに目が向く傾向が続き、温室効果ガスを排出し、森林を伐採し、自国だけの繁栄や近代化を目指している国が多数を占めるように見受けられる。自国にしか目が行き届かないパンデミック感染症対策も然りだ。今、地球の危機を取り除き地球規模での最大幸福を目指す時、国という小さな単位で身勝手に動いていて果たして良いのであろうか？　これまでの論述で明らかなように、国という仕組みの中で誤って歩んできた行動を正していく必要があることは明白ではないだろうか？　今こそ世界を一つの国のように考え、世界規模、さらには生物たちを含めた地球規模での最大利益を考えることが求められると私は強く思う。今、地球は危機に瀕しており、この臨界点を超える訳には絶対にいかないのだから。何としても地球を、生物たちを、人類を、そして大切な人を守りたいのだから。

## 3）世界国家のような枠組みが必要と思うが、その訳は？

今、世界が団結して人類を含む生物の危機に関して事前に対応できれば、まだ地球の未来はしっかりと描けるのではないかと思う。民族的、または宗教的なこれまでの対立の歴史をすべて水に流すことは考え難いことかもしれないが、ここにも踏み込まないと、これからの地球や人類を含む生物たちの生命を救うことは手遅れになり、どうにも手が打てなくなる公算が高い。だからこそ世界国家のような大きな枠組み（必ずしも世界統一と言っている訳ではないが、協働して動ける枠組み）を作り、纏まり、難しい問題を一つひとつ紐解き解決していく必要があると思う。この地球および人類を含むすべての生命とその子孫を守るために、世界が一つになって同じ方向に歩むことを、各国、各地域が直ちに実施できるようにする必要があると思うが、皆さんはどう思われますか？

## そのような枠組みの中で、一国としてはどうするか？

もし世界国家のような、世界における何らかの大きな協働の枠組みができれば、世界国家としては、地球を守り、人々の生活、そして同時に生物の生活を守っていく責任が求められるだろう。その際、その考え方に従いながら、一地区としての各国に、その国々の特性を活かし世界に対し貢献することが求められていくと思われる。各国は相互に協力しながらもそれぞれの国内での問題を解決し、全体としての世界との協調を図る必要があるだろう。加えて、体育会（五輪）や文化会（万国博覧会）等で素晴らしいものを伝え、刺激し合うことも大切であると思われる。具体的には、まず、世界国家に送る各国での代表人員の選出から始めることからであろう。また、そこでの決定を着実に実施、普及させる、地方としての各国の議会および政府も重要であると思う。さらに、軍備は一切を廃止し、世界平和維持警察のために国際警察要員を選出すると共に、自国での地方警察も制定し、各国の住民のケアにあたってもらう必要があると私は思う。一方、各国の地方議会は、いかに世界国家に貢献し、住民を幸せにできるかが問われていくと思う。そして保健・健康施設を充実化させ、社会福祉政策も世界国家の基本的な考え方に従い各国の裁量で可能な範囲で着実に実行し、模範となるよう努力していくことが求められると思う。各国での成果が発表され、世界で表彰されるような形になることも望ましいと思われる。このような平和を軸とした体制構築が望ましいのではないかと私は思う。

## 世界国家と各国家の関係はどのようなものになるか?

世界国家と各国家は、どのように地球市民や、その地に住む生物を、実際に幸せに守っていくかが求められていくと思われる。もちろん、ある地方国家が飢饉や災害に遭遇すれば、世界国家と共に他の地方国家は救援を行うし、また、自然環境に危機が訪れれば、各国家が協力・援助し、地球をいつも健康的に保つことが求められると思われる。さらに、各国家が集った友好的なスポーツ振興や文化交流も、全人類の健康増進や価値創造のために行われることが望ましいと思う。このような世界・社会にしていけば、地球の将来に明るい光が見えてくるので、そのような形にしていきたい。私はこのような地球での協力体制構築の実現を、心から願っている。まずはやるべきことをまとめて書き出していく必要があると思うので、以下に記していきたい。

**それに向けてこれからやる必要があることとは何か？**

まず、**1.** 適正な人口数の推定とそれを意識した施策の検討および実施。**2.** 地球温暖化を防ぐため、各国がお互いの状況を勘案し合いながらも、世界規模での$CO_2$濃度の総量規制を着実に守ること。**3.** 各国の状況に応じた人道支援を行うこと。**4.** 世界の代表として、世界の中央決定機関である世界代表者会議、および中立行政機関である世界中央政府などの強固な国際的な枠組みを作り、世界代表者会議の制度（代表民主制）の制定、国際統一基準での裁判、さらに世界の政治を司り、各国との協働を進める世界中央政府が地球を守るために必要である。**5.** 世界代表者会議で採択されたルールを、各国が責任を持って守ること（国際連合により強い権限を持たせる形から始める方法もある）。**6.** 軍備の排除に関し期間を定めて行うこと、および世界平和維持警察のような組織を作り、ここに一定の権限を持たせることである。

**7**．次に、戦争や紛争の禁止。**8**．環境美化・浄化活動の促進。**9**．植林活動の促進。**10**．関税など貿易障壁の撤廃と自由貿易および開発途上国への支援。

**11**．さらに、基本的人権の尊重。**12**．世界での主権在民。**13**．貧困地域・地方国家への人道的支援・経済救済・医療援助・技術支援。**14**．宗教の自由と他の宗教の尊重。**15**．公害防止技術等、価値ある技術の全世界への普及促進。

**16**．各国の医療格差の是正に向けた取り組み。**17**．世界の総意を得た環境税の導入。**18**．航空、航海の自由。**19**．教育の機会均等。**20**．実効性のある特許制度の確立。

**21**．世界自然保護地区の指定。**22**．各地域の経済状況に応じた各種取り決め、およびそれをベースとした国際基金（税金）の制定と環境・自然保護対策費の捻出。**23**．自然エネルギー・再生可能エネルギー取得促進法（化石燃料資源の燃焼利用への重課税を含む）の制定。**24**．資源活用法（化石燃料のファインケミカル資源としての活用）の制定。**25**・国際炭素法などの地球を守る規制の制定。などが必要であろう。

**26**・加えて、食糧生産可能量の算出およびそれに応じた許容人口の予測。**27**・二酸化炭素ガス（温室効果ガス）削減の世界計画、施策案（アクションプラン）の決定、規制の決定および実施、モニタリングおよび罰則規定の制定。**28**・世界での生態系の実地調査と保護政策の実施。

**29**・全世界でのテロ撲滅対策の実施。**30**・軍産複合体の禁止と軍備の非保有化の推進（世界平和維持警察への転換）。**31**・核開発の禁止と核兵器の廃絶。**32**・ＡＩに関する規制整備。**33**・パンデミック感染症予防対策の実施。**34**・持続可能な開発目標ＳＤＧｓなど。

ほんとうにやるべきことを世界で決定し、一つひとつ実現していく必要があると思う。

## 4）大切な人を守るために、今どうする必要があるのか？

誰しも大切な人を守りたいはずである。何故なら、それはその人にとって第一の優先事項であるからである。そして人々はこうした思いを身近な人に対して抱くが、その人の集合体はそもそも人類そのものなのだ。人々はこうした気持ちを、誰かが抱く気持ちに対しても同様に想像できることから、人類はすべての人々を大切にしていきたいと思えると思う。つまり人類はみな兄弟なのである。一方、この考え方を、生物たちを対象に考えると、人々の考え方には多少差が出てくるのかもしれない。しかし、一度人類が生物たちによって支えられ、はじめて生きていくことができているという紛れもない事実を人々が正確に理解できると、人類と同様に生物たちを大切に思えるようになるのではないかと思う。また、そう信じたい。この考え方の究極が地球全体の保護である。つまりバックミンスター・フラーの提唱した宇宙船地球号(19)の搭乗員全員を大切にしていきたいと思う気持ちである。日々の生活の中でなかなか心にゆとりを持てないかもしれないが、この気持ちが地球を、人類を、そして大切な人を救うことに繋がるので、大切にしていきたい。

## そのために何からどう実現していく必要があるのか？

これまで記載したように、世界は急速に動いていて、本来のあるべき姿から少しずつ逸脱してきている。何としてもいち早く軌道修正する必要がある。ほとんどの人々が平和を望んでいるのにも拘らず、必ずしもそうした流れになっていない。自然や動植物に感謝する気持ちはどこかに持っていても、現在守ろうという気持ちを常に持っている人々は、まだ残念ながら限られているように思う。

毎日のように紛争や戦争のような悲惨なニュースが流れてくるのに、どうしてこの現実を変えることができないのであろうか？　憎しみではなく、報復ではなく、人々を、みんなすべてを愛することが、大切な人を守ることに繋がり、私たちの最も優先する必要がある正しい行動であると思うが、悲しい限りである。このような現実に対して、私たちにとってほんとうに何が大切であるのかについて、あらためて考えてみる必要があるのではないだろうか？

人々が少しでも正しい方向に向かって考え動き始めることができれば、世界がこれまでの流れから少しずつ変わる可能性が生まれてくると思う。子どもも大人も、今何がほんとうに正しくて、何をしていく必要があるかに気が付けば、世界も地球も変えていけるのではないかと私は思う。

最後となるが、大切な人を守るというタイトルのこれまでの記述を纏めていきたい。

## 何故人類は生まれ、また存在する価値が生まれたか？

おそらく知性を授かった人間が、その使命として、地球の未来をより良く誘導していく必要があったからではないかと私は想像する。不安定から安定な食物連鎖を作り、自然を安定化させる目的があったからではないかとも思う。真実は分からないが、人類は立場上、まさにその立場にいるのではないだろうか？　客観的に見ると、これまでは自分たちだけの利益を考えて、自然を都合よく改変しているだけのように映ってしまう。だからこそ、今の私たちの行動は速やかに見直す必要があると思うのである。戦争、テロ、核の抑止力などからは、何も価値あるものは生まれない。進化しながらも、ほんとうに地球をより美しく安定した素晴らしい星に変えていく責任が、人類にあると私は思う。生物の代表者として、今こそ取るべき責任を果たす時である。そうした観点からも、大切な人を守る観点からも、今人類が取る必要のある生き方を明確にしていきたい。

**地球の存続には、3つの脅威を取り除く必要がある**

①各国が自らの力を保持しようとする抑止力に起因した核開発のリスク、
②地球温暖化、人口問題、食糧問題等の地球環境問題、そして、
③人工知能の間違った開発によるロボット等の脅威

という、3つの問題を何としても取り除く必要がある（※③に関しては活用の仕方を間違えなければ必ずしも脅威とはならない可能性も残るが）[20]。それにはやはり世界が纏まることが最も大切であり、またみんなでこれらの脅威を協力して取り除こうとする志を醸成し、行動に移すことが「今」重要であると

思っている。これまで記載してきたように地球に危機が忍び寄っている今日、何としてもこれら一つひとつの対応策を着実に実現させていく必要がある。明日の地球を素晴らしい星としていつまでも存続させていくために。

## 最後に具体的に書いていく

私たちはどうして生きているのだろうか？　それは大切な人を守り、一緒に素晴らしい時を過ごしたいからではないかと思う。また、動物として子孫を残していくためかもしれない。さらに、子どもへの愛（その中には子どもに何かを残していきたいという思いも含まれる）とは本能から湧き出してくるというか、言葉では言い表せないものであるが、それを伝えていくためではないか。しかし、これは人間の場合、決して子どもに限ったことではないというのが真理ではないかと私は思う。何故なら、パートナーへの愛、家族への愛、友への愛、人類への愛であっても人間は同じように捉えられると思うからである。いずれにしても、大切な人と一緒に喜怒哀楽を共有し、何かを伝え合い感じ合っていくことは、ほんとうに素晴らしいことである。

そして大切な人にはいつまでも幸せに生きていていてほしいと願っていて、また自分もいつまでも一緒に生きていたいとも思っている。もちろん不死という訳にはいかないにしても、今を大切に一緒に幸せに生きていたいと願っていると思うのである。しかし近年はその景色や世界の見え方が変わってきてしまっているのではないかと感じる。つまり明日が少しずつ見えにくくなっているように思えてならない。一日一日は大きく変動しなくても、時間の経過と共に先行きの不安定さが高まりつつあるように思う。そして不連続の天変地異や経済不安が忍び寄ってきているように懸念される。少しでも早くこうした悪い方向への流れを食い止め、正しい方向へと軌道修正していきたい。

地球環境で現在起きている現象について考えてみると、これまで見てきたように、人類がこれまで作り出したもの、またはその副産物が、結果的に生物たちを含めた私たちの将来を危ういものにしつつある。この人災と思われる行動を正していかないと、いずれ地球上のすべての生命の明日までも、どこか淡く消えてしまうのではないかと私は心配である。化石燃料の燃焼等による二酸化炭素濃度の増加は、台風の勢力を増強し、万年雪を溶かし、またゼロメートル地域の海水面を上昇させ、既に大きな被害を引き起こしている。これがさらに人類を含む生物に大きなダメージを与え、生命の存続すら危うくする可能性を増しているのは紛れもない事実なのである。既に絶滅してしまった生物種もその危惧種もとても多いのである。人類として地球のために、人類を含む生命のために、何としても正しい行動を直ちに取って行く必要があると思う。

それでは何をどうすることから始めれば良いのだろうか？　まず、この地球環境に対して、有害となっているアクションを極力取り除くことから始めることであると思う。すべての人類の活動を止めた方が良いなどとは決して言っていない。アクションによっては環境アセスメントをしっかり行って、その是非を考えて進めることで問題はないと思う。但し、軍事のように、地球や生物にとって一利もない不毛なことは直ちに禁止、廃絶する必要があると思う。地球や生物にとって何がどう悪影響を及ぼしているかについて、一つひとつその活動内容とその影響を調査し、見直していく必要があると思う。特に二酸化炭素濃度を減らすこと、無駄なエネルギー消費を行わないことに注目し、注意深く一つひとつ日々の活動を検証し、その活動の是非をこれから吟味していく必要があると思う。

さらに森林伐採や工業化による公害なども、その局所での環境アセスメントをクリアできたとしても、地球という大きなシステムの中でもう一度その影響を捉え直す必要がある。大切な資源を守る必要があるし、局所での被害が地球全体に及んでいく可能性にも注意を払う必要性があるから、決して局所だけを見て侮ってはいけないのである。人類にとっての便利さや快適さが生物たちに甚大な被害を与えているとしたら、それは本末転倒で、原点に戻って考え直す必要があると思う。この地球を、そして多くの生命を守る宿命を人類はいつも背負っているのだから、必ずその責任を使命として全うしていくことが求められるのであると思う。

こうして考えていく中で、次に各国はどうしたら良いか、どう協力していくのが望ましいかについて考えてみたい。一例としては、各国は国境で接しているが、物質は様々な形で国境を通過していくので、お互いのことを考えた施策が重要である。さらに、お互いにそれぞれの地域の特色や資源保有上の特性を活かし、お互いを尊重しながら協力し助け合っていくことが、まずは人類のために必要であると思われる。そして生物たちや地球全体のことを考えて協力し合うことも加えて重要ではないかと思う。一方、これまでの対立を解消するのが難しいことは重々承知しているものの、軍事力の競争、力の牽制に資源や資金をつぎ込むのではなく、最大幸福を目指す方向から、地球のため生物たちのため世界のために資金を投入し、助け合うことが必要であると私は思う。これまで論述してきたように、私としては、世界でのまとまりを重視し、その中で各国は、一つひとつの地域という認識を持って協力することが望ましい姿であると思う。

歴史的にみると、これまでは一般的にはどうしても国益がすべてに優先し、国は世界的に負の遺産を作り出しても、自国に影響がなければ大きな問題ではないというような、極めて無責任な態度を取ってきてしまったように見える。資源も無尽蔵に埋蔵されているように考えてきたのか？　食料となる作物の生産量はいくらでも増産できると楽観視してきたのだろうか？　人口はどこまで増えても養えると考えてきたのであろうか？　今思うと、各国は、程度の差はあると思うが、世界や国のありのままの姿を十分理解しようしなかったのではないだろうか？　また、世界の全体最適という考え方を持たずに、各国の独自の立場に立って舵を切ってきたように思う。また、もちろんすべての政治家を指している訳ではないが、各国の一握りの力を持つ政治家を中心に、人々が身勝手で狭い視野からしか物事が見られなかったのかと言わざるを得ないような、極めて残念で、取ってはならない決定をしてきてしまったようにも思われる。それは戦争であったり、環境破壊であったり、それらはすべて負の遺産である。これらは理解不十分であったといっても、決して許される問題ではない。今一度じっくり考えて、私たちのこれから歩むべく道を明らかにしていく必要があると思う。みんなと共に一歩一歩正しい方向を目指していきたい。

広い視野に立って、人々や動植物のことを真剣に考え、私たちのこれから取り組むべき課題を定めることが今求められている。欧州ではごみや環境汚染への対応、資源のリサイクル、脱炭素社会を目指した取り組みなど、人々としてどうあることが望ましいかまで十分踏み込んで考えられた施策が、かなりきちんと実施されてきている。こうした良い事例を参考に、世界的に取り組むべき目標をより顕在化させ、世界各国が進むべきこれからの取り組み方について、一堂に会して建設的に話し合っていく機会を作っていくことが、今とても大切であると思う。そしてそのためにも世論を高めていくことが重要であると思う。

現代の社会を見渡すと、人々は経済の動きに振り回されていて、お金がすべての中心であるかのように見えてしまう。生きるために働く必要はもちろんのことであるが、目標を目指すために生きることがさらに素晴らしい生き方ではないだろうか？　人間にとってもっともっと大切なこと、つまり私たちの存在意義は何であるかを考えた行動に焦点を当てるように、少しずつでも転換していかないと、私たちはほんとうに幸せになれないのではないかと思う。また同時に、このままでは私たちはさらに間違った方向を歩み続け、地球がいずれ破滅、つまり生命のいない星への道を辿ってしまうのではないかとも思えてならない。自然を大切に地球をより美しい星に変えていく取り組みを考え、同時に私たちが安全に安心して生活できる仕組み作りを考え、できるだけ速やかにそこに向けての方向転換を図りたい。

私たちにできることは「今」、この時から地球をより安全な地にしていくために、これまで歩んできた歴史とは異なった方向にその歩みを改め直すことなのではないだろうか？　そしてそれぞれのアクションを、どのような手続きを経て実現させていくか検討することではないだろうか？　さらにそれらを実施するために国際協力の枠組みを強化し、人々へ口コミや教育などを通じてそうした波動を広げていくなど、実現するために良い手段を様々な角度から考え実行する必要があるように思う。いずれにしてもそうした流れを着実に作り、定着させていくことが今とても大切で、その実現が必要であると思う。そして

〝ｐｏｎｏ〟（地球上のすべてのことが本来あるべき正しい状態のこと。物事が、自然環境が、人間関係が、精神状態が、健康状態が、ちょうどいいバランスの、調和のとれた状態であること）である世界を実現させたい。私たち人類を含めたすべての生物のために。

## 今、私たちは何から始めることができるか？

これまで、この地球において、私たちの置かれている現在の状況をできる限りお示しし、私たちが将来に向けてどのように変わっていく必要があるかについて言及させていただいてきた。ただ、それだけではテーマが大きすぎて、私たちは今何から始めることができるかについて、クリアにできていなかったと思うので、最後にいくつか具体的なことを示してみたい。もう既に実践されている人も多いと認識しているものの、あえて確認させていただくことにした。

以下にお示しする内容は初めの第一歩であり、これを前述した34の「これからやる必要があること」に結び付けていくために、皆さんと共に世論を動かし、地球の歴史を変えていきたい。対象として、すべての人々と、その中でも特別な仕事に就いている人々や学生さんなどに分けてそれぞれ記載したが、皆さんのアイデアでもっともっと項目を増やし、その内容を広げていってほしいと願っている。特に後者に関して私はその対象でないので、私としての期待であることをお許しいただきたい。テーマは小さいものから大きいものまで入り混じっているので、ご自身で何を目標にするかを定めていただき、できることから一つひとつ、私と一緒に進めていただければうれしい限りである。

すべての人々

・大切な人を守る。そしてその思いで人々や動植物を大切にする
・世界の人々とできる限りコミュニケーションを取り、お互いを分かり合う
・世界でのオリンピックや様々なスポーツ競技、文化交流の機会を盛り上げていく
・世界で起きてしまった災害や飢饉等に対し支援する
・世界にも友人を作り、お互いの国を理解し合う

・海外から来てくれた人々におもてなしをして、国を好きになってもらう
・国際交流に積極的に参加し友好の輪を広げる
・それぞれの人の立場を尊重し、理解するように努め、差別などはしない
・動物、植物を含め、自然を大切に守っていく
・環境破壊（戦争なども含む）などにつながる行為には一切加担しない
・海、山を含め、自然を美しく保つように心掛ける
・世界の平均気温上昇を抑えるために、ごみをできる限り減らし、リサイクルを意識し、節電に心掛ける
・環境にやさしい商品を購入する
・食物を無駄にしない
・人々や生物への思いやりと感謝の気持ちを忘れない
・こうなりたいとの思いをもって、仕事や勉学等に取り組み、結果としてこれからの人々や国や世界を元気にしていく
・これからの世代の人々を信じ、育てていく
・心にゆとりを持ち、冷静に考え、正しいと思うことを発言し、実践していく

・政治に関心を持ち、国や世界を良くしようとする政治家を選んでいく
・自らの行動が人々や生物に役立っているかを考え、できることから実践する
・人々に何らかの形で貢献する

**教育者（先生および親）**

・子どもたちと地球や世界が今直面している問題を話し合う機会を作る
・子どもたちが世界や地球の未来を変えていけることを教え励ましていく

**政治家**

・国を元気にする施策（経済的、精神的な安心の確保と透明性の担保）を実践する
・国民に寄り添った政策（安全で安心できる生活の確保）を実行する
・世界各国との友好の輪を広げる
・世界協調に向けリーダーシップを発揮する
・世界で困っている国に対し、教育や医療など様々な機会の提供や救済に努める

・世界国家の樹立に向け足場（人々や国のコンセンサスを得る）を固め、提案し、実現する
・世界平和を実現する

学生
・自分に何ができるかを考え、夢を持って、挑戦していく

製造メーカー
・環境にやさしい商品の開発に努める

技術者および研究者
・これからの地球、世界、人々に役立つ技術を見極め、研究開発を推進し、役立てていく

放送局およびメディア

・スポンサー等に理解を得て、地球や世界の現状を人々に伝えていく
・スポンサー等に理解を得て、国際協調につながるプログラム等を放送する

**私たちは、必ずできるはずである**

人類の英知を結集すれば、「今」行う必要のあることを実行でき、地球を必ず守れると私は確信している。しかし、その前提として、現在の危機たる状況を、一人ひとりに理解してもらえるように働きかけることは「今」必要であり、自らの使命であると思っている。どうしたら共通の目標として捉えられ、この苦況を乗り越えられるのか、さらに考えていきたい。「今」言えることは変革を実現させること以外に、将来に向けた希望の持てる道は残されていないということだ。一緒に進もう！　共に戦おう！　理想の世界に近づけるために！　大切な人を守るために！

完

# あとがき

大切な人を守るために、そして私たちのこれからの未来を良い形に変えていくために、私たちの力で地球の歴史を変えていこうというメッセージを付けて本書を発刊した。これまで示してきた内容はまだ初めの第一歩であって、これから私たちのこの手で、この大切な地球を正しい方向に軌道修正していく必要がある。大切なことは、一人ひとりが大切な生き方を考え実践していくこと、大切な地球環境を守ること、そして世界協調と平和を目指すことであると思う。

現状のリスクを正確に伝えることは「今」、重要であるが、次に何をするかもとても大切である。最後にお示しした内容も特別なことではないが、その先にある目標に向け意識して取り組んでいくと、その先に待っている私たちの未来は必ず変わってくると期待している。まず、この本を出発点に、地球環境を守る活動へ動き出すと共に、世界の国々や人々との協調に踏み出し、そして、みんなすべての利益を優先する社会の実現を目指していきたい。

また、私の本望は、お互いを尊重していくことで世界をできる限りまとめ、地球を、そして人類を含む生物を守っていくことに信念を持って生きることである。どんな時もこの目標に向け、熱意をもって挑むことに自らの決意は変わらない。

この本のタイトルについて最後にもう一度考えてみた。

〝大切な人を守るために〟――私たちの力で地球の歴史を変えていこう――と定めた。いかに大切な人が必要で、その人を守るため、そして子孫を守るため、私たちは、「今」、何をする必要があるかを考え、その上で人々と運動を立ち上げ、歴史を変えていきたい。一人ひとりが歴史を作っていくのだという実感を持ちながら、より大きな組織、国、そして世界での運動に繋げていきたい。

最後に、本書を執筆するに当たりご協力いただいた多くの人々、およびこれまで私を支えてくれてきた家族に心から感謝の意を表したい。

完

# 参考資料

（1）https://www.u-tokyo.ac.jp/focus/ja/features/z0508_00199.html
地球環境危機を救う猶予は10年（東京フォーラム２０２０オンライン）

（2）https://www.env.go.jp/earth/ipcc/5th/pdf/ar5_syr_spmj.pdf
ＩＰＣＣ第５次評価報告書統合報告書（２０１４）

（3）https://www.data.jma.go.jp/cpdinfo/monitor/2018/pdf/ccmr2018_all.pdf
気候変動監視レポート２０１８

（4）https://www.data.jma.go.jp/cpdinfo/himr/h30/himr_2017.pdf
ヒートアイランド監視報告２０１７

（5）https://www.metsoc.jp/tenki/pdf/1999/1999_02_0053.pdf
関口 理郎 天気 46, 53-66（１９９９）

（6）https://www.env.go.jp/earth/ozone/sympo/Rowland.html
オゾン層の今昔とその研究の歩み

モントリオール議定書20周年とフロン回収・破壊法改正記念
シンポジウム『地球環境とフロン』
(7) https://www.nies.go.jp/kanko/news/10/10-3/10-3-04.html
熱帯林生態系の構造解析
(8) https://www.mext.go.jp/b_menu/shingi/gijyutu/gijyutu3/shiryo/attach/1287132.htm
人口問題が生態系資源及び土地資源等に与える影響
(9) https://www.enecho.meti.go.jp/about/special/johoteikyo/final_disposal.html
放射性廃棄物の適切な処分の実現に向けて
(10) https://www.wwf.or.jp/activities/data/lpr20_01.pdf
生きている地球レポート２０２０
(11) https://www.nature.com/articles/d41586-019-03595-0
Lenton T. M. et al. Nature 575, 592-595（２０１９）
Climate tipping points — too risky to bet against

（12）https://www.env.go.jp/policy/hakusyo/r02/pdf/1_1.pdf
気候変動問題をはじめとした　地球環境の危機

（13）https://www.data.jma.go.jp/gmd/kaiyou/data/shindan/sougou/pdf_vol2/sougou_1_vol2.pdf
地球温暖化に関わる海洋の長期変化

（14）https://www.nature.com/articles/s41561-019-0526-0.pdf
Turetsky M. R. et al. Nature Geoscience 13, 138-143（２０２０）

（15）https://www2.jiia.or.jp/kokusaimondai_archive/2010/2017-06_002.pdf?noprint
墓田　桂　国際問題　662, 5-16（２０１７）
「難民問題」の複合性

（16）http://arkot.com/jinkou/
世界の人口

（17）https://www.env.go.jp/nature/info/guide_n-trust/pdf/full.pdf
ナショナルトラストの手引き

（18）https://www.allhawaii.jp/article/788/
今週のハワイ語～ポノ
（19）https://kotobank.jp/word/%E5%AE%87%E5%AE%99%E8%88%B9%E5%9C%B0%E7%90%83%E5%8F%B7-34832
宇宙船地球号
（20）https://aizine.ai/ai-risk0912/
将来に必要！　ＡＩ（人工知能）を利用する際の利点とリスク10個

**著者プロフィール**

**丸澤 宏**（まるさわ ひろし）

1956年12月10日生まれ、66歳。筑波大学で環境科学を専攻する。博士(理学)

免疫抑制剤プログラフの研究開発、臓器保存液ビアスパンの臨床開発を担当し移植医療の定着に貢献すると共に、乳がんの治療に役立つ遺伝子診断薬パスビジョンの開発も行った。現在も引き続き乳がん患者の治療方針決定の手助けとなる、オンコタイプDX乳がん再発スコアプログラムの開発を行っている。

医療の世界とは別に、これまで長年関心を持ち続けてきた環境への思いを一冊の本に纏めた。

趣味は、筋トレ、旅行、ゴルフ、音楽鑑賞等。

**本文イラスト：山田愛衣**


**大切な人を守るために**

―私たちの力で地球の歴史を変えていこう―

2023年8月15日　初版第1刷発行

著　者　丸澤 宏

発行者　瓜谷 綱延

発行所　株式会社文芸社

〒160-0022　東京都新宿区新宿1－10－1

電話　03-5369-3060（代表）

03-5369-2299（販売）

印刷所　図書印刷株式会社





ISBN978-4-286-24362-7